四部要籍選刊·集部
蔣鵬翔 主編

元文類

十

〔元〕蘇天爵 編

浙江大學出版社

興元行省夾谷公神道碑　姚燧……二八八二

卷六十三

神道碑

真定新軍萬戶張公神道碑　姚燧……二八九五
潁州萬戶邸公神道碑　姚燧……二九〇九
同知廣東宣慰司事王公神道碑　姚燧……二九二〇
戍守鄧州千戶楊公神道碑　姚燧……二九二八

卷六十四

神道碑

鄧州長官趙公神道碑　姚燧……二九三九
山南廉訪副使馮公神道碑　姚燧……二九五〇
浙西廉訪副使潘公神道碑　姚燧……二九五七
故宋太常少卿陳公神道碑　姚燧……二九六六
故提舉太原監使司徐君神道碑　姚燧……二九七八

元文類卷之五十八

元　趙郡蘇天爵伯脩父編次
太原王守誠君實父技訂

神道碑

中書右丞相史公神道碑　王磐

房杜受帷幄之寄而不親汗馬之勞耿賈著鍾鼎之動而弗踐秉鈞之任豈不以將相殊器而軍國異宜非仁勇兼備而才德兩全者未易當之歟丞相史公弱冠從軍年未三十巳爲大將自太祖太宗睿宗憲

宗四朝每有征伐之事未嘗不在軍中身經百戰偉績豐功不可勝紀逮今上御極置之相府授以政柄即從容閒暇不動聲色而紀綱法度粲然一新內立省部以杜絕政出多門斜封墨勑之權外設六道宣撫司以削奪郡縣官吏世襲專擅之弊給百官俸祿使在官者有以自贍而得保清廉之節禁賄賂請託使官吏一心奉公而不敢爲徇情枉法之私又奏罷諸色占役五十餘萬戶均其賦稅以蘇民力天下欣然咸有太平之望非所謂仁勇兼備而才德兩全者

能如是乎公諱天澤大興永清人曾大父成珪隱德
不耀父秉直是爲尚書府君生二子伯曰天倪仲曰
天安公其季也金大安癸酉歲國兵南下尚書府君
率鄉里老幼數千詣太師國王木花里軍門降明年
從國王攻北京下之王以國人烏也兒爲都元帥府
君爲刑部尚書鎮守其地後五年武仙以真定降王
又以天倪爲河北西路都元帥仙副之駐真定公年
寖長身長八尺善騎射拳勇過人署帳前軍摠領乙
酉歲春都帥命公護送太夫人還北京仍命過燕都

市繒帛爲北覲需旣行武仙以眞定叛都元帥被害
帥府經歷王縉追公及燕公聞變卽與縉議縉曰變
起倉卒帥府軍無主散出多在近郊公能廻轡南行
卽不招自至公慨然曰兄弟之讎不共國假使無成
義亦當往況有可成之道乎卽出所賫市幣之金買
兵仗甲冑載之南行行至滿城已得兵士千餘戰馬
七百遣監軍李伯祐詣國王行帳言狀且乞濟師王
命公紹其兄職仍以笑乃觧將兵三千爲助遂破走
武仙復取眞定後數月武仙又潛遣壯士入城匿大

曆寺夜斬關爲內應仙人據城公倉卒率軍士數十人夜踰城東出步走槀城會諸城軍與笑乃解合軍攻仙走之笑乃解怒民之從賊也驅萬餘人將殺之公曰此皆吾民不幸爲賊驅脅何罪而殺之不聽公力爭甚久竟得全活公乃繕城隍立樓櫓爲不　犯之計招集流散存䘏困窮披荆棘拾瓦礫官府民居日益完葺歲荒食艱捐甘攻苦與衆共之由是數年之間民生完實而兵力富强勝於他郡太宗卽位公北覲朝廷方議選三萬戶分統漢兵公適至上素聞

公名遂以真定大名河間濟南東平五路授公爲萬戶壬辰歲太宗由白波渡河疾趍陽翟與睿宗相會破合答軍于三峰山命公略汴京以東諸城公遂下太康柘縣厖岡睢州復與大軍會軍至歸德衛州達魯花赤撒吉思欲以其軍薄城而營公曰此豈駐兵之地乎彼若來犯難爲備矣不聽會公以事之汴北還撒吉思全軍皆沒戊午歲秋憲宗南征明年駐釣魚山夏秋之交軍士多疾疫方議班師宋將呂文德率戰艦　餘艘由嘉陵江來上命它帥拒戰不能却

詔公往公命蒙古軍分爲兩翼夾江注射公率水軍順流縱擊大破之奪船數百艘追至重慶府乃還中統元年今上登極首召公問以治國安民之道公奏疏以對上嘉納之命公往鄂渚撒江上軍旣回以公爲河南等路宣撫使是歲秋上北征又詔公兼江淮經略使二年春上北征還以公爲中書右丞相秋九月從上北征冬十一月與阿里不哥會戰昔木土上命丞相線眞指麾右軍公指麾左軍戰大捷阿里不哥遁去三年春李壇陰結宋人以益都叛率軍據濟

南上命諸王合必赤總諸道兵討之璮兒勢甚張上繼命公往公受命之日不至其家輕騎奔走至則亟築長圍樹木柵遏其侵軼使内外不相聞凡四月城中食盡軍潰出降生擒璮斬軍門誅同惡數十人餘悉縱令歸家明日引軍東行未至益都城中人已開門迎降初公將行上臨軒授詔責公以專征之任俾諸將皆聽節度公自始至還未嘗以詔旨示人其謙退愼密如此入見上慰勞公悉歸功諸將若無一毫出于巳者至元改元加光祿大夫中書右丞相如故

三年皇子燕王領中書省兼樞密使以公爲左丞相兼樞密副使六年上將有事于襄陽詔公與駙馬忽剌出往賜白金百笏楮幣萬緡公至則占要害地築三小堡屯軍使彼内不能出外不得援蓄銳而守兵食有餘七年公以疾還八年授開府儀同三司平章軍國重事仍令右丞相安童諭公曰中書省尚書省御史臺或一月或一旬遇有大事卿可商量小事不必煩卿也十年宋將呂文煥以襄陽内附聖天子慨然有掃清六合混一車書之意十一年秋以公與右

丞相伯顔領荆湖路行臺總大軍自襄陽水陸竝進將由郢渚渡江行至郢州公病不能進還襄陽上聞亟遣近侍賫蒲萄酒賜公且諭之曰卿自吾父祖以來躬環甲冑跋履山川宣勤勞者多矣勿以小疾暫阻行意便爲憂惱可且北歸善自調護公歸至眞定上又遣其子杠與大醫馳往診視仍賜藥物公餌畢附奏曰臣大限有終死不足惜但願天兵渡江慎毋殺虜是日薨春秋七十有四實至元十二年二月七日也訃聞上震悼遣近臣致奠賻白金二千五百兩

贈太尉下太常考行謚曰忠武以三月庚寅葬府城西原明年春二月有旨命臣磐製墓隧碑文臣嘗論士君子抱負才智出逢昌運君臣遇合取富貴功名以自振耀非難事也唯夫仁慈惠愛不吝不驕有以服人心于富貴功名之外者是可重也公以元勳碩德位兼將相爲邦家之柱石爲宗社之蓍龜望重四朝恩隆百辟其容貌循循和易未嘗有一毫驕矜之色見于顔間視富貴功名歛然退避若將有浼于己者此其蘊籍豈尋常淺狹之量所能窺測哉初武仙

之變公之兄都元帥被害朝廷以公紹其職後都帥之子稍長公奏言于朝曰臣遭家禍權兄職以復讎耻爲姪尚幼久不敢言今姪年已長願得歸之上曰但聞争官者多讓官者少卿之此舉甚可嘉尚然朕自有官償之卿何可辭即日詔以公姪爲真定路總管後數年公又乞致仕上問其故公曰臣無大功報國今一子管民政一子掌兵權臣復久叨寄遇一門之内處三要職寵榮過分必致咎殃臣敢昧死固請上曰卿奕世忠勤有功于國一門三職何足爲嫌不

允國朝之制州府司縣各置監臨官謂之達魯花赤州官府往往不能相下公獨一切莫與之較由是唯真定一路事不乖戾而民以寧李璮變後議者以諸侯權重爲言公言于朝曰兵民之權不可并在一門家有一人居官其餘宜悉罷遣行之請自臣家始史氏子弟即日皆辭職而退憲宗朝公爲河南經略使朝廷遣阿藍荅兒勾較諸路財賦出入虧盈阿藍荅兒性苛刻乘勢橫暴擅作威福官吏悉遭凌辱以公舊德獨見寬假公進曰經略使司我實主之是非功

罪皆當問我今罪及諸人而不問我豈能自安乎由是餘人蒙賴得釋者甚衆兵火之餘民間生理貧弱往往從西北賈人借貸周歲輒出倍息謂之羊羔利稍積數年則鬻妻賣子不能盡償公奏乞令民間負債出息至倍則止上從之遂爲定法初公至歸德遇蒙古官驅俘獲數人出城將殺之內一俘氣貌異常公問汝爲何人曰我金近侍局官也曰汝識李正臣乎曰我即是也公出槖中金贖之遣騎送歸眞定軍回署萬戶府參謀幕府留務無大小一以委之又嘗

有河南流寓人王顯之來謁公一見問其姓名鄉里卽留置門下署萬戶叅議行軍事務無大小一以委之兩人信任之專雖父兄子弟莫之敢間由是真定治效高視他郡四方諸侯取之爲法者兩人之力爲多公平生喜資治通鑑每公務之假卽取讀之有不解則以問人必解而後已雖公務遑適亦恒以數冊自隨每舉一事輒能推究始終折衷是非雖老師宿儒有不及者公夫人石氏李氏納合氏抹撚氏皆先公卒子男八人曰格榮祿大夫湖廣行中書省平章

政事曰樟眞定順天兩路新軍萬戶曰棣嘉議大夫衛輝路總管曰杠資德大夫湖廣行中書省右丞曰杞嘉議大夫淮東道肅政廉訪使曰梓奉議大夫澧州路同知曰楷奉訓大夫南陽府同知曰彬資德大夫中書左丞女七人皆適名族男孫十六女孫十三

銘曰

維開府公沈毅龐鴻超然異稟間氣所鍾累朝尚武公在戎旅把握韜鈐指麾貔虎一旦崇文正笏垂紳從容廊廟百度維新省部旣立事權歸一監司出臨

專擅自息祿足代耕吏保公清苞苴不行獄無敧傾
謨協宸意事合群情黔黎呼舞思見太平太平非難
既立其址譬如爲山要有終始役指駢羅覆簣孔多
積之歲月寧不嵯峨公屬櫜鞬十嘗八九其在鈞衡
鑿而非久鑿而非久又復不專同堂合議嗜好奇偏
公心順恭允叶天聰紀綱卒立天子之功波濤險巇
舟檝是依風雨震驚夏屋帡幪世治時清尚可無公
險巇震驚非公孰寧忠義肝腸中令汾陽小心慎兢
相國玄齡公今云亡孰佐時康宸衷簡在百世難忘

豐碑堂堂松柏生光有不知者視此銘章

中書左丞張公神道碑　李謙

世祖皇帝始居潛邸招集天下英俊訪問治道一時賢士大夫雲合輻輳爭進所聞迨中統至元之間布列臺閣分任岳牧蔚爲一代名臣者不可勝紀至其愛君憂國忠勤匪懈好善疾惡始終不橈若時政之臧否生民之利病知之無不言言之無不盡曾不以用舍進退累其心者公一人而已公諱文謙字仲謙姓張氏世爲邢州沙河人曾祖珪祖宇皆潛德不仕

考英邢州軍資庫使曾祖妣秦氏祖妣常氏妣劉氏

公幼聰敏讀書善記誦自入小學與太保劉公秉忠

同研席年相若志相得其後太保祝髪爲僧先侍世

祖于潛邸薦公才可用歲丁未驛召北上入見占對

稱旨擢置侍從之列命司王府教令牋奏日見信任

邢初分隸勳臣一千戶爲食邑歲遣人更迭監牧類

皆不知撫治加之頻歲軍興郡當驛傳衝要徵需百

出民不堪命會郡人赴愬王府公與太保實爲先容

合辭言于世祖曰今民生困蔽莫邢爲甚救焚拯溺

宜不可緩盍擇人往治要其成效俾四方諸侯取法
于我則天下均受賜矣世祖從之命近臣脫兀脫故
劉尚書肅李侍郎簡偕往三人者同心爲治黜出貪
暴剗除宿敝不期月流亡者復益戶十倍于是世祖
益重儒士任之以政蓋自公發之辛亥憲宗皇帝踐
祚世祖以太弟日侍宸扆所言率賜俞允公暨太保
數條具時務所當先者爲世祖言皆奏可施行之是
後大駕所臨若大理若漢鄂公皆扈行世祖皇帝即
位首拜中書左丞與平章政事王文統共政建立綱

紀講明利疚以安國便民爲務詔令一出天下有太
平之望文統素忌克謀謨之際屢相可否積不能平
公遽求出詔以本職行大名等路宣撫司事且有後
命曰第往行詔卿比行謂文統言天下生民罷瘵日
久歲屬大旱若不量蠲稅賦將無以慰來蘇之望文
統以爲世祖新即大位國家經費爲數不貲且素無
積儲何所供億公曰百姓足君孰與不足俟時和歲
豐取之未晚也竟蠲常賦十之四商酒稅額十之二
下車宣布德意百姓懽欣鼓舞思見德化之成明年

春入朝還居政府始立左右部分司綜務鉅細畢舉

公之力居多三年阿合馬領中書左右部總司財賦

每事欲專輒奏聞不關白省府詔廷議之公昌言曰

分制財用古有是理不關預中書無是理也且財賦

一事耳若中書不敢詰天子將親莅之乎世祖曰仲

謙言是也阿合馬語遂塞至元改元秋詔公行省事

中興羌俗素鄙野事無統紀公求蜀士爲人僕隸者

得五六人援恩例埋而出之俾通明吏教以案讀旬

月之間樞機品式粗若可觀羌人始遣子弟讀書土

俗爲之一變又疏唐來漢延二渠溉田十萬餘頃民迄今賴之三年還朝諸勢家告有戶數千當役屬爲私奴朝議久不決公言奴與良法當以乙未戶帳爲斷若已籍爲奴或奴之而未占籍者歸勢家可也自餘皆國家良民必無爲奴之理其議遂定至今守以爲法五年春淄川妖人曰胡王者作亂惑衆逮繫百餘人事聞世祖命中書省議公謂愚民無知爲所誑誘殺首惡三數人足矣右丞相安童是其言命公與斷事官普化蒞決于濟南既至尸三人于市餘並釋

去人以爲死而復生七年拜大司農卿立諸道勸農司巡行勸課敎本業抑游末設庠序崇孝弟不數年功效昭著野無曠土栽植之利遍天下奏開籍田祭先農先蠶皆自公始尋又奏立國子學以魯齋許公衡爲祭酒選貴胄子弟教養之所成就人材爲多已而分布省寺臺閣往往蔚爲時望達于從政皆出公始終左右之力阿合馬當國榷民鐵爲農器厚其直以配民刱立宣慰司行戶部于東平大名不與民事惟印楮幣是務諸路轉運司怙勢作威害民干政莫

敢誰何公屢于世祖前極論其害詔從公言皆罷之彼怨其沮已數欲中傷賴世祖眷知有素訐不得行十三年拜御史中丞時阿合馬威權日熾恣爲不法慮臺憲法其奸奏罷諸道提刑按察司以撼内臺居數日公奏復之自知爲奸臣所忌不辭去未已也亟請避位明年拜昭文館大學士領大史院事初世祖以大明曆歲久寖差詔魯齋許公太史令王恂同知太史院事郭守敬測驗改正命公董其事故有是拜曆成賜名曰授時頒行天下十九年拜樞密副使首

議肅兵政汰冗員選練將士而優恤其家曾未及施而一疾不起薨于京師私第之正寢實二十年三月壬申也享年六十有七階至資政大夫今上皇帝御極追念舊德特勑有司議頒恤典贈光祿大夫大司徒謚忠宣公夫人劉氏封襄國夫人夫人前邢州節度使劉侯之女姿淑善事姑至孝衣製必躬親之公既貴顯夫人常服不過練素子女雖其鍾愛每飯蔬食服補綴之衣常語人曰童心易以驕縱當預之以儉克宋之初詔頒廷臣白金器皿輒遣分遺親族尤

喜周䘏孤貧恭勤逮下僮僕皆感恩惠迨公之薨家無餘貲曰吾家素尚清白有書數匱傳之子孫萬金不博也其治家教子之賢類此襄國生二子長曰晏初侍裕宗于東宮爲府正司丞世祖思功臣子孫選充刑部郎中遷吏部郎中大司農丞元貞改元今上時時召見命講經史特授集賢侍讀學士叅議樞密院事陞集賢學士嘉議大夫樞密院判官次曰杲武備寺丞女五人長適知深州事許善慶次適侍衛親軍副都指揮使董士亨次適秘書少監劉賡次適集

賢照磨李吉次適典瑞大監董士恭公先娶李氏早卒生一女適主簿喬淵側室一子曰昇一女適劉槃初大理之役我師至其城下國主高祥拒命殺我信使一夕遁去世祖怒欲屠之公言入曰殺使拒命者其國主耳非民之罪世祖從之特免殺掠所活者無筭漢鄂之役王師方啓行公數言王者之兵有征無戰當一視同仁不可嗜殺世祖曰保爲卿等守此言既入宋境諸將分道並進各遣儒士相其役禁戢軍士毋肆殺戮毋焚燒廬舍所獲生口悉縱遣之其後

混一之功卒本于不可嗜殺等數語信乎仁人之言
其利博哉公爲人謙恭篤實外和由剛其好賢樂善
出于天性人有寸美必極口稱道遭際以來每以薦
達士類爲已任或曰人心不同豈能盡識一有失當
得無累乎公曰人才何嘗累已第患鑒裁未明有遺
才耳且人臣以薦賢爲職豈得避纖芥之嫌而負國
蔽善一時聞人敭歷中外者多公所舉然未嘗有德
色平居慈祥樂易與人交不立厓岸及當官論事守
正不倚毅然有不可犯之色又勇于爲苟一事可行

一善可舉如梗茹在胷必欲快吐而後已若農事若
鈔法謂生民之重本有國之大計尤拳拳焉樂聞已
過僚屬或相規勸雖其言甚切自敵以下宜若不能
堪者公每優容之過亦隨改不少吝晚歲篤于義理
之學樞衣魯齋求是正之有自得之趣無他嗜好惟
聚書數萬卷而已身居寵貴自奉若寒士門無閽隸
客至倒屣出迎惟恐不及人以是多之謙晚至京師
朝廷時有會議嘗忝從先生長者後及見直言正色
不畏强禦今已矣若公者豈可復得哉銘曰

泰道方隆萬物棣通乾龍將翔滃其雲從維我皇元
肇開五葉群賢彙征翼扶大業公由逢掖徵詣公車
平昔所聞逢時樂攄大理之行武昌之役賴公一言
民免鋒鏑中統之治至元之隆公居政府匡輔有功
饕餮擅權害民蠹國奮義直前發其姦慝如炭與冰
則不可同退居散地不忘公忠見善必聞有謀斯告
聖恩天大愧無以報舉賢達能初非市恩一時桃李
盡在公門農桑學校相繼具舉富庶而教先後有序
澤民夙心經國遠圖天不假年有銜莫祛公今已矣

公猶不死事業卓然載之信史

翰林侍讀學士郝公神道碑　虞摯

公諱經字伯常郝氏自潞徙澤之陵川始公八世祖祚曾祖昇祖天挺父思溫既歿其徒相與號靜直處士有三男子公其長子也八世祖而下皆同居業儒不仕以淑其里竭休滀慶迺發于公壬辰之變靜直君流寓燕趙間公年十餘歲沈塞靜重狀貌瓌奇精斂有志趣盡力子職及其為學晝或忘餔通昔詰旦衣服危坐諷誦不輟劬勩如此凡五六年剞劘揣摩

磊砢而直廉㮚而輝涵積揉累日殊月異擷芳雋腴
克而足之泝源洙泗以肩周程雷風斯文陶冶當世
慨然以爲已任山峙川駛天遊神遇屹乎莫移浩乎
莫禦變化不可測矣既冠順天道左副元帥賈公輔
一見待以國士萬戶張蔡公柔館公帥府張賈子弟
皆從質學海内名諸侯聞伯常之風者莫不飭使介
走書幣庶幾屈爲賓友公一謝絕世祖在潛邸羅致
異儁挹其聞遣使者一再起公既奉清問上稽唐虞
下逮湯武所以仁義天下者緩頰以談粲若所陳也

帝喜踰所聞凝聽忘倦且俾書所欲言者條數十餘事皆援据古義剴切時病及踐祚更化用公之言居多歲己未憲宗自將伐宋建盆上流世祖總東師跨荆鄂公建議大槩以謂彼無釁可乘未見其利唯脩德以應天心發政以慰人望簡賢以尊將相惇族以壯基圖撫殊俗制列鎮以防窺竊結盟保境興文治飭武事育英材恤罷氓以培殖元氣藏器于身俟時而動則宋可圖矣帝偉公所論以爲江淮荆湖南北等路宣撫副使然勢不中止遂絕江圍鄂守將賈似

道馳遽請和屬憲廟昇遐王師言還明年世祖卽皇
帝位詔公以翰林侍讀學士使宋號使曰國信賜金
虎符公方踰淮邊將李璮輒潛師侵宋兩淮制置使
李庭芝寓書于公皦以款兵館留眞州籍爲口實公
荅書弭兵息民通好兩國實出聖衷日喻邊將戢戈
守圉以契和議衆所聞知今啓釁自璮一旦律以違
詔將無所逃罪此何與使人事也公復上書宋主移
文其執政論辨古今南北戰和利害甚悉皆不報顧
窮極變詐以撼公之志知其終不可怵于恑數也揵

鎬館所塹垣桁棘驛吏訶閽夜士鳴柝防閑挫抑獄犴之嚴不啻如此介佐而下久于囚羈戚嗟尤怨無復生意公語之曰卿顧望不前將命之責一入宋境死生進退聽其在彼守節不屈盡其在我者豈能不忠不義以辱中州士大夫乎但公等不幸須忍死以待揆之天時人事宋祚殆不遠矣衆服其言亦皆自振勵至元十一年右丞相伯顏奉辭南伐江漢名城望風鄉附世祖命禮部尚書詰宋執行人之故遂以禮歸公聞嬰疾在塗醫問絡繹既至錫燕路朝以張

異聽隱其瘁于塵事也詔治疾于家病遂殆不起以
聞天子悼焉官其子采麟奉訓大夫起家知林州初
公之使宋也内則時相王文統忌公重望排置異國
陰屬邊將違詔侵宋沮撓使事欲以欵兵假手害公
外則宋權臣似道竊郤敵爲功取宰相畏公露其丐
盟幸免之跡遂主議羈留舉國皆知其非似道不恤
也公拘眞館十有六年去國未幾而文統伏誅甫歸
國宋探諜國之罪似道殛宋隨以滅然則懷姦怙寵
傾陷善良雖暫若得計機發禍敗曾不旋踵抑宋有

亡徵公與阨會其患難不渝始終名節偕一時而亨百世者初非不幸也公歸以十二年四月卒以是年七月乙酉春秋五十有三是月丁酉權厝保定府西静直君墓次公幼至孝撫諸弟極厚待宗族疏近如一篤友樂施德于已者雖細惠必報然偉特方嚴風岸峭立衆不可攀薰良猶姦題帖無貸故用世之志適際可爲已墮奇擯既處幽所日以立言載道爲務撰續後漢書絀丕僣權還統章武以正壽史之失著易春秋外傳太極演原古錄通鑑書法玉衡貞觀刪

汪三子一王雅行人志各數十卷公于辭以理爲主雄渾有氣文集若干卷傳于世嗚呼功于斯術者不既多乎捐累適己又何其勤也公娶張氏淑明祇脩媲德君子後公卒子男三人二早卒一采麟也以文學行治擢寘侍從今爲集賢直學士朝列大夫女子二人皆已嫁孫二人皆幼其孤采麟謀徙公之厝兆孟州河陽縣某鄉某里卜協則次公生平事來謂摯曰先子葬有日墓隧之碑宜得銘得銘非信後詒遠者銘猶無刻也夫子宜銘摯惟侍讀公以宗儒文雄

有勞烈于國叙德纂庸及詳史氏其堅毅忠壯抱負不可揜者名聲昭徹雖走卒牧豎深閨婦人皆能道公姓字與沒世無聞者異姓後詒遠何待墓刻然固不可無銘也銘曰

鍾氣之奇惟志是持緒道之微而才可爲振轂鄒魯驂乘濂伊獵德游藝載驅載馳孰濬其瀦孰植其滋孰分其藪孰煦孰吹有實其居賓我能戲聖潛于藩髦選無遺裾曳冠巍寔言祁祁躍淵天飛鱗公雲逵廼睠南顧廼休王師廼命鴻碩柔遠淮夷夷速其顛

公凜乎危削槧操觚榮觀幽羈删述卯分名義昭垂
薄言還歸昔壯今耆胡不康寧胡不期頤胡不三事
爲國蓍龜淸廟宗彝不旣厥施輿論嗟嘻烝烝嗣慶
圖永孝思刻文墓碑以顯詩之

元文類卷之五十九

元　趙郡蘇天爵伯脩父編次
太原王守誠君實父挍訂

神道碑

湖廣行省左丞相神道碑　姚燧

初公以中書右丞下江陵驛聞大帝爲大燕三日曉近臣曰伯顏東兵阿力海涯孤軍戍鄂朕嘗深憂或荆蜀連兵順流而東人心未牢必翻城爲應根本斯蹶孰謂小北庭人能覆全荆江浙閩是肝膽落矣而

吾東兵可無後慮朕喜以此御筆爲北庭書昔魯魯合西地所生阿力海涯爲大將有功信實聰明而安詳其加卿爲阿虎耳愛虎赤嫡近越各赤給日別平章求之億萬維臣之中降是宸翰昭乎雲漢之章藹如天語之温祟功褒德匪今一時可華及子孫百世者纔公一家視古丹書鐵券出臣子手者何足道也即江陵民封之千家始公微時侍燕惟席地坐後特置榻班諸矦王阿失拉下賜之金罍曰竢至而省必合樂鼓某曲飲是他雜以青白縹色龍鳳御服御帽

金玉珠帶白貂裘西錦珠衣海東白鶻凡所以侈服
貴近田娛其心者靡不及公嗚呼盛哉公北庭人妣
夫人獨堅呼突盧化胞生剖而出公考阿散合徹弗
善也將棄之夫人未忍益謹鞠公幼聰頴而辯長躬
豊耕喟然曰大丈夫當樹勳國家何至與細民勤本
畎畝釋耒去求讀北庭書一月而盡其師學甚爲舅
氏習拉帶達拉寒所異歎曰而家門户其由子大及
從事大將卜隣吉帶俾其子故中庸右丞相呼魯僕
化從受北庭書又薦其忠謹得宿衛大帝潛藩已未

從濟江帝射虎未殪公捨馬而徒挺矛舂殺之攻鄂先衆而登禽一人還流矢貫喉出項帝勇之賜銀爲兩半百先是聞吐蕃有貯甘露寶函石室藏山穴者凡再使求之皆爲大蛇奇獸所懼莫至最後遣至其所無所見竟與俱歸勸進之初諸侯王議未一惟一王關察耳嘗有書帝忘其誰在也顧左右問公曰臣所有之書出而決兩事皆甚合旨中統三年制以爲中書省郎中褒曰久侍禁庭已著勞績至元改元加朝請大夫參議中書省事發言惟以當可事宜爲心

不憚伯相而阿其所志人有小疵必曰帝前衆畏其口明年進嘉議大夫僉南京河南大名順德洺磁彰德懷孟等路行中書省事始罷世侯而易置其地又明年轉廉訪使虎符領鷹坊凡鳥獸皮角筋羽悉征輸官尋領諸路鷹師獵戸再兼中都路闌遺又明年進中議大夫僉制國用使司使又明年故中書左丞劉武敏公拯爲策襄陽吾故物出棄弗戍使宋得竊築爲彊藩復此浮漢入江則宋可平帝大然之徵大下兵領以元帥府觀武襄陽城白河别開行中書省

以我少師文獻公僉省公爲同僉凡襄鄧唐申裕在
太宗世所殘漢上諸州之民避荒汴洛間與下戶賦
寡者悉徙而南屯田給餉尋罷帥府又明年詔故平
章合丹開府儀同三司平章軍國重事贈太尉史忠
武公天澤來莅師宋遣人餽鹽茗襄陽乃築長圍起
萬山包百丈楚山盡鹿門以絶之又城峴首開省其
上兵與事劇星火公專入奏能日馳八百里敗宋殿
帥令平章范文虎於灌灘又明年分中書省爲尚書
拜中奉大夫參知河南等路行尚書省事又明年兼

漢軍都元帥分將新軍四千六十及廉尚書復以爲河南等路行中書省事宋遣都統張貴張順將舟師從上游送袍甲犒師自萬山接戰二十里斬順殺溺過所當貴獨以餘衆入後水暴漲慮貴乘出下令軍中舟置燈篝岸積薪櫝貴果結戰艦爲陣宵遁盡然燈薪戰四十餘里斬之櫝門關又明年遂請以西域礮攻樊城拔而屠之無噍類遺襄陽甚慘移攻具臨之且曉守臣吕文煥君以孤軍禦我數年今鳥飛路絕帝實嘉能忠而王信降必尊官重賜以勸方來終

不仇汝置死所也文煥感而出降十年二月也詔公偕以入覲眞拜參知政事明年授資德大夫中書右丞同忠武公行荆湖等路樞密院公策能籍民爲兵十萬合舊軍或丞相安童伯顏一人將之南伐宋社必墟制皆從之故太傅伯顏與忠武時皆以左丞相贈開府儀同三司太保并國武宣公阿术以平章與公及故平章文煥以參政行省將大軍發襄陽將至郢忠武疾還敵宿兵數萬築新郢夾江爲城橫鐵絙鏁戰艦江中巢礟彍弩遏我舟師郢北黄灣岸西去

江三里所港通藤湖達漢敵壁其上攻抜之拖舟入
港丞相惟以公數十騎覘新郢趙范兩都統鼓伏兵
發葭林諸將倉卒有未甲者人人奮先殄其一軍兩
將之首皆致公割趙腦膚撓酒飲之行克沙洋新城
以臨復守臣翟貴逆降大軍去而復叛及漢陽故平
章夏貴以制置舟師陳漢口水軍千戸馬成爲導由
巳未濟江沙武口塗入江抜陽邏青山白湖諸壁走
貴軍鄂守臣張晏然王該王勝以城下遂徇州民衣
冠闢會仍其服行鄉郭帖然無有奪菜秉者民爭德

吾元仁政義聲恨服化晚檄下漢陽壽昌信陽德安
大兵旣東分四萬人戍鄂洛公留後尋進官榮祿大
夫自陽邏置驛以便行商至蔡方請移師江陵而荆
閫安撫高世傑將艨艟千六百艘卒二萬規襲鄂公
分兵禦之大敗之荆江口降諸洞庭桃花灘下岳承
制以守臣孟之紹爲安撫使卽西師至公安誓曰自
今功者健兒陞長百夫百夫長千夫千夫長萬夫萬
夫取進止因南風大沙市戰城上又戰城中屠之江
陵精鋭於是焉盡制置使朱禩孫辭疾高節度達出

降下令安集如鄂岳傳檄歸峽澧常德辰沅靖荆門隨郢復皆下之官其守臣如岳除宋苛法衣食惸嫠詔故平章廉希憲以右丞行省江陵以世傑窮而來歸棄江陵市禩孫徵至京師死猶没入其妻子還公于鄂移兵長沙行拔湘陰潭守臣植滉柱江中自喬口至城凡十五所皆斸之又拔城西柵射書招其守帥李芾速下以活州民不然拔城屠矣不答乃令諸將畫地分圍決隍水以樹栫衝礮鐵堞石心臺百日公中流矢創甚責戰益急申命諸將凡所由久頓兵

者卒伍前驅諸將安行其後也自令萬夫千夫百夫之長皆居前列有退衂者定以軍興法從事三日而拔謀諸將曰國家爲制城拔必屠是州生齒繁夥口數百萬悉魚肉之非大帝諭伯顏以曹彬不殺旨也其屈法生之發倉以賑餓人傳檄郴全道桂陽永衡武岡寶慶江西袁連皆下之幼主面縛公入覲賀始庭拜平章政事還移兵靖江破嚴關敗馬都統臨川陳張兩總管小溶江諭經畧馬暨不下凡攻三十餘日而拔公以靖江遠中一非長沙匹民性驁囂易叛

難服不重典刑之廣西它州不可言以綏徠其阮之市斬暨傳檄下柳鬱林横邕廉象潯藤梧貴昭融賓宜賀化高容欽雷爲州二十廣東肇慶德慶特爲州三特磨農土貴南丹牧莫大秀皆請内屬乃歸全之湘水三十六所以通遞舟承制以萬戶史格行宣慰司靖江還潭宋餘孽益衛兩王改元海中啗人以爵規復其舊全永諸州與潭屬縣之民文才喻周隆張虎羅飛之倫大或集衆數萬小方千數在在爲羣與江之北黄蘄相煽以動皆削平之僞將張世傑傳欲

龔肇慶雷詔公討之且畧地海外無爲賊巢過柳州嶺時暑軍士病渴所乘馬蹄地出泉人資沃飲至今名馬蹄泉而僞安撫趙與珞已戍海南白沙港公航海五百里不崇朝而至擊與珞并獲僞使冉安國黄之紀皆磔之諭降瓊南寧萬安吉陽聞僞王陷南恩公還龔走之降方經畧會衛王死崖山乃還復諭降八番以其酋龍文貌入覲置宣慰司從鎮南王伐交趾其君蹈海去得文毅昭國兩王以歸後二年入覲上都庭拜光禄大夫湖廣等處行中書省左丞相再

月而疾亟尚醫四人診視求見登馬而劇歸卽與夫
人訣當廿有三年丙戌五月廿五日薨上都享年六
十塟都城西高梁河公元配帖力帝旣才公敕陳亳
潁元帥郝謙女爲亞妃前卒敕復以其妹爲繼自陳
三召傳至京師順聖皇后爲加幗服白金爲兩二千
五百男六人帖力生故資善大夫湖廣行中書省左
丞忽失海涯長郝生正奉大夫湖廣行中書省參知
政事虎符監兩淮軍貫只各繼郝生輔國上將軍湖
南道宣慰使虎符監潭州軍賜玉帶一品服和尚如

夫人者蕭生扳突魯海涯阿昔思海涯媵生突魯彌實海涯女五人一適故嘉議大夫同知廣西道宣慰司事慪里斯班一適承務郎大司農少卿僧家奴一適中書省斷事官六斤一適昭勇大將軍監平陽太原軍伯淵一適傳詔丙牙男孫三人小雲石海涯虎突海涯合嫡力海涯女孫六人一適郝其一適平章闊里吉思子孛羅一適監平陽太原軍子垤針餘幼後公薨十四年今正奉輔國以神道未碑出公凡受制書與御筆及公平生行實請燧曰徵是爲銘嗚呼

兄弟爭與昭揚先德於其子職責已塞矣嘗讀望諸君書善作者不必善成善始者不必善終未嘗不與慨歎於武敏開用兵端視南國爲奇貨思圖形丹青垂譽竹帛於今日後者如取諸懷及襄陽下方戍淮西功已不出乎已大師南伐復分兵淮東渡江捷聞一失聲而死豈先福始禍者誠如道家所忌邪而公鼓其孤軍留戍所餘不能倍萬名城逼都身至力取利盡海表圖地籍民半宋疆理其時將相雖瞠後塵猶不可望公少見最所下州荆之南十四淮西四湖

南九江之西二廣西二十有一廣東河南各四凡五十八自餘洞夷山獠荷氈被毳大主小酋棊錯輻裂連數千里受縻聽令者猶不與存其依日月之末光張雷霆之餘威以會其成功者亦一世之雄哉今列其内省幕戎麾與所受降登宰相者丞相二蒙古帶阿拉韓平章十二奧魯赤虎突帖穆兒阿力史格呂文煥帖穆耳僕花李庭李順張弘範劉國傑程鵬飛史弼右丞四唆突兀顏訥懷闊出忝落也訥左丞四闊出海唐兀帶劉深趙修己參政十三賈文備鄭也

可何瑋張鼎樊揖朱國寶張榮實囊家帶烏馬耳孛
羅合答耳高達馬應龍雲從龍都元帥宣慰使總管
萬夫千夫之長又什伯是觀出其門衆多又足徵公
善推勞人也初北上田租畝取三升戶調歲惟四兩
及定湖廣稅法畝取三升盡除宋他名徵後征海南
度不足於用始權宜抽戶調三之一佐軍時以爲虐
今較江浙諸省槩增倍蓰獨西南賴以輕平其境館
傳修潔亦甲他省生祠所在岳潭柳雷公安與安皆
一而嚴闕與全獨二銘曰疇曰江漢南北之限天裂

幅幀可恃爲捍天混皇輿其險則那古以求之同軌不多秦漢茲降吳平於晉陳兼於隋劉趙遺徽曜靈生東有炎朱光爝火之微宜爾滅藏於皇大帝神武不世行所睿思效若龜筮由夫潛藩自將六師鵃舠浮江亦既越之歸正丹扆羣策明試加兵襄陽五稔克止公曰乘勝籍民授兵將以大臣南國用平帝曰俞哉惟爾協朕假爾以鉞誅彼于禁大師克郢鼓行而東四萬其徒留後畀公公乃按圖吾與吾守待敵伺先孰與進取自郢而岳自岳而荊長沙桂林皆劃

以兵餘州數十雖定傳檄勢讋言綏心亦孔棘又鋤
武庚子海之南左右皇子交州是戡疇知公勞大帝
簡在衣裘禽集靡有遺賚不事故常墮其奎章捷捷
翩翩龍騰鳳翔又錫金罍合樂而飲臣鄰之家寵未
有甚猶若未然丞相是崇與太傅公同元元功甲子
二終玄間是宅壽止名垂晰晰竹帛北方諸流所王
維河九里漸濡尚其餘波宜公有子匪相伊使不専
美虞賞克延世其北居庸盧溝在西有碑斯豐流峙
與齊

平章政事忙兀公神道碑　　姚燧

燧持憲節使江之東三年當大德癸卯光祿大夫上柱國江浙行省平章政事公之三子山東宣慰使渾都與江東建康道肅政廉訪副使拜都及行河南省參知政事也先帖木而譜其系狀其事以請曰先公三宿墳莽矣其忠以事國孝以繩家光大而雄偉者不及今焉鑱之金石將日遠日忘奚以眎遺胄於無窮敢屬筆子燧以與憲副聯事此道義不可辭乃序之曰公忙兀氏諱博羅驩畀答而公之曾孫蘸木曷

公之孫瑣魯火都公之子始畏答而與兄畏翼俱事
太祖時太𣆶盛彊畏翼謀往歸之畏答而若止曰帝
何負汝而為是竟去追之不復雪泣而歸請獨宣力
帝貳之曰汝兄與衆皆往獨留何為無以自明乃折
矢誓曰所不終事帝者有如此矢帝感其誠易名肩
屢約為按答薹明炳幾先與友同死生之稱帝後與
王罕陳於昌刺眞彼衆我寡救兀魯一軍先發其將
术徹帶玩鞭馬鬛不應肩屢請曰戰猶鑿也匪斧不
入我先為鑿諸軍斧繼顧帝訣曰臣萬一不還三黃

頭兒將軫聖慮者辰入疾戰大敗其軍晡猶逐北敕使止之乃旋師免胄爲嚴腦中流矢帝傷之曰朕戒卿蚤休兵竟創而歸親爲傅藥寢與同帳踰月而卒帝曰曩只里吉爲敵將實禦屑壓其以只里吉民百戶屬屑壓子世世歲賜勿絶其族散亡者收完之即封北方萬家太宗以其子忙哥爲郡王又俾貴臣忽都忽大料漢民分城邑以封功臣割泰安州民萬家封郡王歸奏帝問忙兀之民何如是少對曰臣今差次惟視太祖之舊舊多亦多舊少亦少帝曰不然舊

民少而戰績則多其增爲二萬戶與十功臣同爲諸侯者民異其編兀魯爭之忙兀舊兵不及臣半今封顧多於臣帝曰汝忘而先玩鞭馬鬛事邪後諸侯王與十功臣旣有土地人民凡事干其城者各遣斷事官自司聽直于朝公年十六爲斷事官世祖正宸極以從攻叛王阿里不哥功賜其軍騾馬四百匹金銀幣帛稱是尋詔入宿衛曉近臣曰是勳閥諸孫從其出入禁闥無輙誰何李璮反詔將忙兀一軍圍濟南鈔益都萊州賊平決獄燕南人稱明允賜衣一襲雲

南王虎哥赤爲其省臣寶合丁輩毒殺事聞敕中書擇可治其獄者凡四奏人皆不當旨丞相先真舉公且言敗事臣請從坐帝曰之人則可公辭臣不愛死第年少目不知書帝曰朕方恃卿求皇子死尚書別帖兀而知書惟可使之簿責其事是否一委自卿明日愼無歸咎輔行也且聞卿不善飲彼地多瘴宜少飲敵之未至四五驛所寶合丁遣人負金六籯來迓公曰雲南去朝廷遼邈省臣握兵不安其心將懼而變乃好爲語遣之既至盡以金歸省而竟其獄得置

毒情殺之而還奏可顧先眞曰卿舉得人賜兼金綺兩五十武備寺奏令入筋角惟忙兀以時輸於常歲帝曰其報賜之自今凡忙兀事無大細如札剌而事統安童者悉統於博羅驩八年授昭勇大將軍右衛親軍都指揮使虎符大都則專右衛上都則三衛兼總十一年授金吾衛上將軍中書右丞大師南伐分軍爲兩制曰其右受伯顏阿朮節度左悉委卿指一犯法臣曰如別急烈迭失朕不責也俄受兼淮東都元帥軍于下邳公策諸將曰清河居宋北鄙城小而

國與泗州昭信淮安實相掎角當水陸衝未易卒拔可頓大兵爲疑海州東海石秋達此數百里其守必懈吾將輕兵倍程而東其守臣可襲虜也師至海州丁安撫果下石秋東海臨下清河史安撫開之一下不一月而下四城宋主既降而淮東諸州猶城守故太傅伯顏入覲還密詔公進兵拔淮安南堡戰白馬頭又戰寶應棄高郵不攻由西小河達漕河據灣頭堡斷通泰援竟拔揚州斬其制帥李庭芝淮東諸州悉下賜西域藥及蒲萄酒介冑弓矢鞍勒會分江南

之州隷諸矦王及十功臣又益封公桂陽州十四年
遣平叛王只里斡帶於應昌賜玉鞶帶幣帛與博羅
驩同署樞密院事未久授北京右丞旣至召還會南
土多反者詔募民能從大軍進討者俾自爲軍其有
夫千夫惟聽其萬夫長節度不役他軍制命符節一
與正同已行矣公矣不能自陳令董司徒文忠入言
今有日所出入勝兵何啻百萬何假此曹無賴僥倖
之徒以壯軍威臣恐一踐南土肆爲貪虐斬伐平民
妾其婦女槖其貨財民畏且仇反將滋衆非便召輿

疾入帝視其色瘁然賜坐與語重陳董奏可之適常
德入朔唐兀帶一軍殘暴其境如公所策教斬以徇
諸是軍皆罷之十六年哈剌斯博羅斯斡羅罕薛連
干皆彊宗也勢不相一求遣大臣來莅詔令公往凡
居是三年十八年以右丞行省甘肅時大軍駐西北
仰哺省者十數萬人自陝西隴右河湟皆不可舟惟
車輦而畜負之塗費之餘十石不能致一米石至百
緡公經畫得方供億不乏賊不敢窺邊者二年二十
有一年授龍虎衛上將軍御史大夫江南諸道行御

史臺事黄華反徽内地戍兵進討未能平賊多奴良民以歸公令監察御史提刑按察司隨在糾覈皆土還之以疾歸會諸侯王乃顔反帝欲自將征之公曰始太祖分封東諸侯王及侯其地與戸臣始知之以二十率之彼得其九忙兀兀魯札剌而弘吉烈亦其烈斯五諸侯得其十一彼力滋多吾亦滋多吾有衰耗彼亦衰耗然要其歸五侯之力終多彼二惟責徽兵五侯自足當之何煩乘輿臣昔疾今愈請事東征制可賜介胄弓矢鞍勒命公董是五諸侯兵以行與

乃顏接戰屢摧其鋒再與其黨一王塔不帶戰滛雨不止軍以乏食求郤公曰兩陣之間勿作事先已而彼軍先動公悉衆乘之逐北二日身中三矢禽塔不帶斬忽倫輦後與月律魯太師合力始誅之賜銀爲兩四百五十幣帛九不再月其黨一王哈丹復叛公再請往詔與諸侯王乃馬帶討之公杻於屢勝一日不虞賊游兵卒至止從三騎返走有壑絶前廣二丈深加廣半追兵且及獨公策馬能越三人後者皆見殺人以爲天相忠義後逐北極於東海之壖哈丹自

引去獲其二妃斬其子老底於陣凡戰四年所俘金銀悉散將士以故人致死力賊平勑一妃賜乃馬帶一妃賜公陳金銀器延春閣召東征諸矦王及公至將分賜之問公汝家是器幾何盤帶有無公曰以陛下威德奉身之物亦畢備矣帝曰朕出此物本酬卿曹之勞在人則伐其能以幸多取朕問猶曰既有可謂謙挹不眩於貨者豈令其徒手歸姑賜是器五百兩廿八年改河南宣慰司爲行中書省求可首是省平章者凡三奏皆不允末乃及公則可授榮祿大夫

平章政事淮鹽爲引歲六十五萬前政多逋至公如額而集賜異幣一開封監縣鐵冗而告廉訪使胡某不戢其民昏集曙散縣簿陳勣置廵屋器械於村又周劉光店爲墻四其門扃鐍司夜出入詔公按之皆誣杖而徙戍南邊後詔天下括馬不當及公等之家公曰吾家有馬羣連郊坰不思佐國無以爲方三千里官民之倡其入騄馬十有八疋河水遷流無常民訟逷灘連歲不絕或以其地投獻諸侯王求爲佃民自蔽公奏正之仍著爲令河後泛濫堤埽横潰歸德

睢州汴梁水及城下滸爲臣浸分親行視督有司捍完之皇上元貞二年遷公平章陝西未行而改復爲河南入覲奏忭兀一軍戍北歲久衣率故弊請以臣泰安州五戶歲入絲一斤積四千斤盡輸内帑易爲匹帛分賚諸軍上以爲益敕遞車送達軍中賜銀爲兩百五十幣帛三陛辭之日上諭之曰卿今白鬚世祖德言實足聽聞事更加愼中書平章剌眞宜政院使大食蠻合奏始者伐宋世祖分軍爲兩右則屬之之伯顏阿术左屬之愽羅驩今伯顏阿术皆有田民

而博羅驩獨無可後上曰何久不言豈彼耻自白耶其於淮東所嘗戰地高郵已籍之民賜五百戶以上中下率之上一而中下各二及圈背銀倚比再至沛踰年凡流外官久滯不鈐旅食道宮者旬月皆出之大德之元叛王藥木忽而兀魯不花來歸公遣使馹聞始是諸王叛由其父是輩小弱若無與知今焉來歸宜棄前惡以勸未至上曰是奏深契朕衷改平章湖廣賜金鞍勒至汝寧合福建省于江浙授公光祿大夫上柱國江浙等處行中書省平章政事賜白玉

帶夏旱隨禱而雨杭之豪民十家入賂於官大為釀
務高其估而專其利酒貝醨惡公變其法張省四憑
其富蓄凌轢府縣肆為姦利自刻木牌與交鈔雜行
民間實侵貨幣與國爭利又盜隄海之石墻其私居
公欲斬之而中書刑曹當以杖然亦由是大姓始重
足立矣以大德庚子五月二十有二日薨于臨安寓
舍年六十有五以其年七月八日塟于檀州西北太
行山不封最其平生典兵則右衛都指揮使都元帥
樞密院風紀則御史大夫宰相則三為右丞四為平

章與夫四十七年馬足所及西南雲南西北金山東
北海隅東高句驪東南吳閩再討叛臣四征叛王其
間事平而疾聞變請行惟以有國艱虞爲憂視轉鬬
乎萬里之遠歷歲之久若堂奥之朝夕焉雖風雪皸
瘃其膚鋒矢交集其躬飲食飢渴不時其口體皆不
避恤必致寇首戲下歸報終事而止眞凛凛有曾考
風上尤眷重之若世祖身御橐鞬弓矢皆百世傳寶
不以賜臣下者惟以賜公海東青雜鶻先朝多或十
賜惟至白鶻觜爪玉如聖語曉曰是禽惟朕及鷹師

所購以卿世臣諸孫宣力之多日桑榆矣無以娱心
河南治地平衍而遠且多陂澤鵝鸛所集時出縱之
使民得見昭代春秋蒐田之盛不敢萌詭邪心皆殊
錫也夫人某氏男四人宣慰憲副參政季博羅公於
庭臣居家最名有法夜分不寐諸子列侍其前聽談
祖宗故實毋敢或歸私室宴奉樽爼迭歌舞以娱賓
亦無有酒失者女六人長適國戚卜伯次適薛徹干
平章子僉書樞密院事完者次適國王弟孛蘭肹次
適月赤察而太師弟怯烈出次適山東宣慰使必宰

牙幼在室銘曰皇矣太祖肇造方夏右之左之惟十
臣者公之曾考展一其中矢矢瀝告帝視友同敵陳
來加挺戈而出大崩其軍免胄而入五兵之長無矢
不仁由賊叩輪懋功是創帝惻其心百俘償死顧成
嘉止旣王其子迨分茅土帝自等差國以泰安二萬
其家公祖王季勤勣克類再傳而公世祖之事勳閥
遺苗帝植以培而獨於公甞譽其材聽於禁闈無止
入出翼翼其心彌謹自律隨遇而安利患靡干承命
即往奚遠奚難東北海隅西南六詔甌閩炎陬金山

遐檄聞有艱虞必請赴趨大獄叛藩無一漏誅人臣
憲憲曰省臺院平章大夫宥密鈞踐先聖今聖賚予
優優良駟天閑豪集御韝櫜鞬介胄鞍帶衣裘黃白
之金委家如丘皇矣太祖于疆于理惟公曾考實成
其始遺厥大艱畀之神孫神孫世祖闢乾翕坤考其
皇輿南北猶判孰是浙右羸鬼歆祼大典師征巀業
百城罔不簞壺竭蹙義聲傳其國都孱王銜璧蕞爾
淮東諸州猶壁詔公進攻盪殲渠兇九域攸同公焉
成終將天之意悠悠或在成始之孫宜際斯會曾益封

桂陽江嶺外內於乃先烈先光以大嘗聞古先誓侯功臣泰山如礪國以永存嗟公王孫國泰山下權輿礪如其自今也

平章政事徐國公神道碑　姚燧

公燕只吉臺氏諱徹理曾祖太赤初將突騎百夫宿衛從太宗戡定中夏又勦平宋彭義斌淑擾山東太宗分土功臣由徐邳再劉於兵戶不足萬故國以兩州祖納忽憲宗伐宋師由蜀入從攻合之釣魚山戰疾力考搠旅哥監其國以世祖建極中統之元庚申

夏五月十有二日生公六歲而孤母夫人蒲察君介
介自持動以禮節親戚不敢干以非義教子讀書天
質粹美不勤外傅六經二氏悉涉源委以故聰明開
益日多才畧兼人恒以匡君經國自期至元十有八
年軀幹盈常襲其祖衣長不能勝則知其先益魁傑
也其年入見帝賜之問而奇其對進侍帷幄湛露龍
光汪濊渥濡絶其等夷時詢民情細微敷告無隱一
諸侯王稱兵東北帝自將征入其地矣軍中夜驚公
出撫遏人識言音喧咈一寂跳梁既平爲奏兵餘之

民艱窶剝膚不賑恤之將不生活賴賜穀帛牛馬駝寒飢者亡慮數十萬人歸擢利用監古武庫也匪簡在帝心人者不以付之二十有三年詔求逸遺于江之南且省其俗時相方急治賦鬻民學田官有其直令旣行矣公則止還諸學用爲完廟養賢之須歸以事聞制甚嘉可明年桑葛分中書庶務立尚書省初爲平章後爲丞相凡昔盜殺臣爲領部爲制國用使爲尚書省所逋錢粟併歸中書舉誣爲中書失徵殺其二相大爲計局鉤考豪釐諸省承風鄂省已劇浙

省尤酷延蔓以求失其主者逮及其親又失代輸其隣追繫收坐岸獄充牣栲掠百至或闕夫三木責妻市酒以償民不堪命自經裁與庾死者巳數百人虐焰熏天諸王貴戚亦莫誰何無不下之獨公奮然數其奸贓帝初未然益犯威顏言色俱厲帝以爲醜詆大臣失幾諫禮怒遣左右批其頰辯不爲止曰臣非有仇於彼而然直不忍其罔上自私敢因雷霆一擊遂爾結舌使明帝有不受言之名臣實憤耻帝意始解命將衛介百人控鶴倍之入籍其家得金寶衍溢

棟宇他物可資計者將半内帑罪旣彰白始鈐其人諸繫計局者皆出之又命籍黨惡浙省諸臣平章左右丞參政烏馬蔑列忻都王濟等家併桑葛之姻鄂省要束木皆醢以謝天下以成其獄凡四過徐不入其家爲帝所忠怒御史臺臣不善癉惡坐觀政此其自當汝罪皆曰奪職追祿杖三者唯命江浙平章夙有慼於臺乘其憑怒自傷激之謂湖北廉使功臣諸孫盜燒鈔八百定堂帖二十下容姦數年贓終未入抱案帝前示曰稽是可見悞裂卷爲兩縫留半印公

曰縫用印者以杜罔欺汝爲宰相持半印案以訟人餘半烏在其人言塞帝顧罵而起臺辯始釋明日拜御史中丞無幾時拜榮祿大夫平章政事行省福建賜爲兩金五十銀五千令行禁止民便安之惟汀漳劇盜積歲未平公身將諸戍之兵申明約束不貪勝不蹂禾稼不入民舍惟張皇武威過柵不攻示以整暇晝則合圍山中夜則稅野偃旗仆鼓賊或僞降覘其何爲乃豐酒肉飲食曉曰汝昔由不堪汙吏侵暴潛逃居此能棄險而還耕桑則平民矣吾安忍被汝

反名而加誅夷寡人之妻孤人之子獨人父母而利
其財悉縱歸之他柵聞者相率以出其渠歐狗日浸
南犇大兵隨之偷生鴟中其黨縛致于軍血鋒刃者
纔是一鍼自是方三千里枹鼓不鳴正席其堂晝諾
而已聞帝不豫馳歸京師嘗藥晨夕俄然賓天與諸
侯王大臣定策禁中遣使逆成宗龍庭入踐天位大
德之元拜江南諸道行御史大夫一日召其都事賈
鈞令參議中書者謂曰明詔責使肅清宣明風俗教
化而刀筆流爲御史者肆爲苛虐惟急徵贓以多爲

功至迫子證父妻證夫弟證其兄奴告其主敗風教
者我實行之汝宜以是出訓其屬帝聞之以爲得職
風紀大體徵意栢臺七年改浙省平章政事其治如
臺門無私謁以轉粟京師多資東南居天下什六七
而松江塡淤歲久富民利之當水出塗築爲圍田以
故瀰漫浸灌沮洳廣遠民不可稻公發卒數萬浚決
提石堤之導水入海使復其故凡身董役經時而成
民得良田若干萬頃至今賴之九年召入平章中書
贊右丞相竱力一心爕和庶政希致隆平纔一暑寒

責異已相日方帝不豫而乃阿中專決吾誠不忍汝見敗國以喪元也遂疾不出以十月八日薨年四十七立朝之士在野之民齎咨咸曰古人有言昊天不弔殲我良人矧鉅臣哉葢棺之日最其家楮緡不滿二百而債券積多至十萬大臣清貧無公比倫足昭炳白樂施爲仁不富之實官給轜車始克歸塟于徐邳岠山之陽前夕茲山列炬如晝人則以爲公之營魄結爲光耀以助臨照之祥既貴顯矣妣夫人杖之受不敢逃其季又何如也後公薨之三年當至大之

元制贈推忠守正佐理功臣太傅開府儀同三司上
柱國徐國公謚忠肅於戲今聖不忘哀而崇之所以
爲人臣下責幽墟可謂竭盡而無餘矣銘曰維昔大
帝立極之歲人生是時不億其麗何獨於公光嶽氣
終娠是元臣豈億所同加敢詩書聞開見益甫踰弱
冠帷幄出入于狩于征無遠不從靡夕與朝勤不懈
恭天寵之承其言易直衮闕可彌憑怒安卹大沃宸
聰盡殲孔壬于福平章百其贈金汀潭風盗知公來
臨拔其殳斯耕鑿謳吟成宗繼序曰秦漢下御史大

夫丞相之亞俾行南臺不專繩愆體仁德音風教是宣移平章杭先民所急濬通松江壞防巨室中書平章曾不歲餘策右巳相阿中速辜行馬施門用示不出憤疾以終救時望失將窆徐方岵山之陽貧僅能歸其清益彰嗟滋九土奠自神禹岱宗巖巖北徐爲襟其帶伊何淮流在南今其疆理歷乎古始河齧彭城其水瀰瀰初公曾祖以佐運功雖國是徐猶爵未崇於皇今聖公德之令哀蚤隕祚上公是命既土既爵傳子而孫帶礪山河國以永存

卷終

元文類卷之六十

元

趙郡蘇天爵伯脩父編次
太原王守誠君實父挍訂

神道碑

領太史院事楊公神道碑　姚燧

嗚呼有泰君子楊公諱恭懿字元甫其先始鄉耀之同官中避宋亂徙美原五世祖儀徙今京兆之高陵與高祖亨再世力田曾祖植祖禮再世仕縣吏考天德擢金興定進士第由傳之聊城丞掾陝西行臺權

大理寺丞主京兆長安慶陽安化簿辟令順德之隆
德及安化而安化兼錄事州之判官三職具修積官
中大夫其德其烈有先師司徒許文正公墓誌言章
宗南郊爲太常臣授幣而立御史將劾不恭其友曰
大夫習於禮者名行祕書盍從而問曰授坐不立御
史慚縮而止太常則孫公通祥實公外王父公以正
大乙酉生于其居京兆之雙桂坊童而讀書記識強
敏日數千言時艱從中大夫逃亂而東不恒其居于
汴于歸德于天平雖間關險阻未嘗怠弛其業年十

七侍中大夫西歸無田于郊假室以居鄉鄰或繼其匱皆謝不取惟服勞以爲養暇則力學綜博於書無不經目而究心者摳衣之徒戶外滿屨橫經入問爲析疑義源源其辭若決江河而下之名聲日延海內縉紳友太中者馳書交譽知之膚者求觀其文侈其肆者以爲鱣堂之席有繼與其極者直期以宗盟斯道於將來時已遼易禮春秋思有纂述恥爲章句儒而止志於用世反覆史學以監觀廢興存亡理亂得失於千數百年之中曰輔治之具禮樂兵刑禮樂非

王者果爲不可與行於天下兵恃以芟暴亂而安元
元刑取其弼敎循本以求皆仁義之資也不講之有
素或一旦帥三軍爲士師貿貿焉不知其方反受成
敎武人俗吏乎事雖未試從可槩見其佐王之略年
二十四始得朱子集註章句四經太極圖小學近思
錄諸書誦其言而推其意嘆曰人倫日用之常天道
性命之妙皆萃此書今入德有其門矣進道有其途
矣吾何獨不可及前修踵武哉窮理以致其知反躬
以踐其實動靜云爲一乎持敬行之以剛健居之以

悠久日就月將俟其成功於潛齋之下自任益重前習盡變不事浮末矣歲甲寅司徒奉潛藩教來秦公往見之際其道德之光聞其仁義之言於傾蓋頃歸心服曰世烏有斯人之倫敬事猶師而司徒友之亦至分庭而行抗席而坐一遇講貫動窮日力而所造益深平居訥於爲言喪中大夫絶口水漿五日喪塟用牲盡袪桒門惑世之法爲具不足稱貸益之棺槨皆黄腸衣衾必縟疏衰饘粥悲憂爲疾杖始能興司徒會塟歸語學者曰小子志之曠世墜典夫夫特立

而獨行之其功可當肇修人極聚居六年司徒東歸
喪妣夫之猶中大夫其疾益阽三輔士夫知由禮制
自致其親者皆本之公先是宣撫司行省欲以掌書
記共議事祿之皆不能屈至元七年詔司徒由國子
祭酒拜中書左丞始與右丞相安童共政日譽公賢
丞相以聞十年上遣協律郎申敬來召疾不能行十
一年儲皇下教中書汝如漢惠聘四皓者其聘以來
故丞相遣郎中張元智書致是命其冬下車京師上
遣丞相第令國王和童勞其遠來他日入見上問何

鄉先德爲誰從何師學子今有幾無不周悉其夕嘔血上遣尚醫來候且賜之藥少間明年月正元日之翼日上御香殿以大師南伐使久不至方念之深欲筮之時以日者待詔公車百十爲輩獨以命公益以其道德素著可交神明者其言頗祕侍講徒單公履請設取士之科詔先少師文獻公司徒竇文正公與公雜議公上奏曰三代以德行六藝賓興賢能漢舉孝廉兼策經術魏晉尚文辭而經術猶未之遺隋煬始專賦詩唐因之使自投牒貢舉之法遂熄雖有明

經止於記誦宋神宗始試經義亦令典矣哲宗復賦詩遼金循習將救斯弊惟如明詔嘗曰士不治經學孔孟之道日爲賦詩空文斯言足立萬世治安之本今欲取士宜敕有司舉有行檢通經史之士使無投牒自薦試以五經四書大小義史論時務策夫既從事實學則士風還淳民俗趨厚國家得識治之才矣奏入上善之丞相每咨世務倚以自毗會其北征公遂請畢男婚而歸十三年詔改曆太史王恂總算同知郭守敬推測司徒明曆理或言公嘗推曆終一甲

子而得日月薄食者七十有奇曰日月之眚古無是之多也十六年召公著曆義十七年授時曆成奏曰黄帝迎日推策顓頊載時象天堯之欽若舜在璣衡周太史正歲年以序事皆日官世守其業隨時占考以與天合暴秦焚書廢古僞作置閏歲終兩漢因之建曆之本必先立元元立然後定日法法定然後度周天以定分至賈逵譏其守一元不與天消息杜預謂當順天以求合非爲合以驗天者皆確論也臣今治曆廢曆元日法析舊儀六合三辰四遊而異之省

天經黄道惟用四遊移天常赤道遊於南軸之下以取候視之無窒倍八尺之表而五之以影符進退其晷使不失於芒忽日日測考積月爲歲積歲爲世必於曆法益精益密非但正數十年一改之弊且可上追黄虞三代之舊矣又曰一月之始日月相合謂之合朔漢太初曆用平朔法小大相間或有二大以故日食或不在朔先後一日時亦鮮中宋何承天測四十年得三大二小以正朔望使食必在朔隋劉孝孫劉焯爲定朔唐傅仁均取以造戊寅曆貞觀竟改從

平朔李淳風造麟德曆得四大三小求避人疑間以平朔又爲進朔使食避元日一行造大衍曆以爲四大三小何害今授時曆後是二年當十九年自八月後四月併大實日月合朔之數皆改從實方奏太史臣皆列跪詔獨起司徒及公曰二老自安是年少皆受學汝者故終奏皆坐畢其説亦異禮也授集賢館學士太中大夫兼太史院事明年以徒家得請歸又明年儲皇俾靈臺郎岳鉉召後中書議相承旨李濤儲皇不可以公爲識治再召又明年詔翊儲皇以爲

太子賓客二十二年召明年以昭文館大學士正議
大夫領太史院事召二十九年以耆艾議事中書召
皆辭疾不行三十一年疾亟親賓問之忽長息曰有
是哉國哀也聞者危之亂以他言徐又曰誠哉後三
日顧言子寅曰敬慎小心以卒實正月二十有五日
也後嗣位詔下則賓天果以其日入以爲平生與國
至誠所格嗚呼使入哭者有如溫公則公當亦如呂
誨起言天下事矣徵士蕭𣂏誌其墓曰朱文公集周
程夫子之大成其學盛於江左北方之士聞而知者

固有其人求能究聖賢精微之蘊篤志於學眞知實
踐主乎敬義表裏一致以躬行心得之餘私淑諸人
繼前修而開後覺粹然一出乎正者維司徒暨公嗚
呼誠知德不易之言哉後十年寅以江南行臺監察
御史疾得告去自金陵過宣以燧少受知公而耳其
雅言求銘墳道然所貴乎君子三焉耳聽耳位耳道
耳得於心之謂德用於時之謂位行其學之謂道如
尌之言同其德矣未及位也以年考之司徒之生前
公十有六年入見前十有四其卒也前十有三而卒

官皆昭文館大學士領太史院事同其位矣然是位
也皆極人臣之亞爲古八命位實行道之鎡謂不得
君知名而召既至則温其玉音以勞疾則尚醫交候
饋藥太官繼膳疑政賜問入見坐語聞辭則留留而
不可暫聽其去去而思之復召司徒十召公八召其
體貌之亦至矣哉如是而兩公迭爲循墻不可謂道
之行亦天也雖然天道遠遥不可以已事而知必來
者始見猶農夫焉未有播粒於土而不苗者今也四
海匯獨士子凡筐篋之吏求售於時其誦而習亦先

四書葢天理同根人心誦其言而衆則為其道者將多非兩公麾是太平之基其誰力歟斯古之人所以重歎其善作而不必善成者也公以卒年三月從塋中大夫之昭文有潛齋遺藁高祖妣齊氏曾祖祖妣皆紀氏妣寇氏孫氏夫人李氏以柔嘉作配君子姻里德焉三子寅其胄也宙今令京兆蒲城宏方學女子子四人適主京兆長安簿席貽士子馮嘉鳳翔提控按牘王繼述樞密院椽傅昱男孫僖女子子二人長適呂曾紉姆銘曰維天生賢匪使自有俾拯烝民

爲責已厚公於明命實肎實負乾乾其行艮艮其守
師古喪祭如禮不苟三綱之淪我條自手推得其類
無倦誨誘學者宗之西土山斗鳶飛魚躍潛齋自蔀
令聞之延巳徹宸黈朿帛戔戔賁及林藪丹扆曰來
何暮汝叟大師之南仟斷巳久其宜進退汝蓍以叩
又曰多士文字儷偶求得碩才奚策以取又曰歷義
羣喙紛糾汝折衷之其從誰某凡是大政無不可否
公拜稽首瀝膽悉剖丹扆曰噫惟茲儲后端本萬邦
汝賓以友儲后曰今識治黃耇惟汝爲可肱股元首

公益抗章臣蚤衰朽養安踰紀僅止中壽歸從先藏奉政之阜止所有碑無我樵檦垂詩千齡以告爾後

中書左丞姚文獻公神道碑　　姚燧

兹公諱樞字公茂事世祖潛邸十年左右宸極十有九年居近密之地受尊寵之仁可謂必世之久惟其不固富貴進退禮敬窮達一節不易寒士故不取耻當時明哲保身以薨帝爲震悼賻楮泉爲千者千五百閱惟子燁生十五年未授之室賜聘財如所賻明年官以禮部郎中皆異數也既没世而名聲日延後

十九年當元貞二年裕聖太后以嘗侍讀裕宗言之
成宗贈謚榮祿大夫少師文獻公至大三年武宗追
號嘉猷程世舊學功臣太師開府儀同三司魯國公
謚仍其舊又推恩再世考仲宏贈太保儀同三司魯
國康懿公祖錡銀青榮祿大夫大司徒魯國惠靖公
妣張氏祖妣李氏皆魯國夫人惟姚氏爲神明之後
歷三代秦漢魏晉宋齊傳次或絶或續與梁陳隋唐
可譜究者別載世錄惟本五季梁唐六鎮節度使勍
生金吾將軍漢英周廣順初太祖遣之使遼見留事

世景聖三宗加安時制節弘化翊亮功臣開府儀同三司樞密使檢校太師兼政事令上柱國東陽郡公生中書門下平章事北面宣徽使衡之生給事中同中書門下平章事居政生太師左金吾衛上將軍虔州節度使景祥生太子洗馬企華生金東上閤門使金州團練使玢生閤門祗候武德將軍伶生武德將軍獲嘉令錡生安遠大將軍慶陽安化丞淵後更仲宏生公及弟楨格公自稚弱一力於學晝則經紀其家嚮晦則讀書夜分不輟魯國夫人恐傷眊若每止

之乃塞牕不使見燭就枕必盡三鼓聞將遷關中康
懿公錄事判官於許俾取師氏姑及姑之夫子昌以
來公徒行懷書困休於樹宿止於郎亦出以誦自期
甚高宋内翰九嘉少登科甲時有重名方閑居許惟
折行位與之遊召一日賓會錄事名召公内翰怒曰
公茂負佐王之畧豈可若是易之先祖曰同僚呼兒
輩宜然猶竟席不樂其爲前輩見推如此壬辰許城
被圍州版公軍資庫使與副夜直四鼓聞牕外嘆曰
人獻東門出索之無得副曰吾嘗遣兵河朔鬼物云

然宜捄吾家乃相與歸街陌橫鈴索斷行見其懷印若赴州計事者至家乃盡出金銀酒具奩飾裹餱糧為逃死謀日出而東門果破邀軍將蕭姓者入家盡付所出蕭曰吾嘗受丘眞人教汝軍中惟救人無殺吾捄乃死公聞太宗詔學士十八人即長春宮敎之俾揚中書惟中監督則往依焉中書少公六年兄稱之與偕北覲時龍庭無漢人士夫帝喜其來甚重之乙未詔二太子南征俾公從楊中書即軍中求儒道釋醫卜酒工樂人會破棗陽併公所招將盡阬之大

將幕竹林間公前辯析明詔如此他日將何以復命乃蹙數人逃入竹中潛歸其營匿嚴侯軍中纔脱死數十人繼拔德安得江漢先生趙復仁甫見公戎服而髯不以華人遇之至帳中見陳琴書駭曰西域人知事此乎公爲一莞與之言信奇士出所爲文數十篇以九族殫殘不欲北與公訣蘄死公留宿帳中既覺月皓而盈惟寢衣存乃鞍馬號積尸間求至水裔脱屨被髮仰天而號欲投溺而未入也公曉以徒死無益汝存則子孫或可傳緒百世保吾而北無他也

遂還盡出程朱二子性理之書付公江漢至燕學徒從者百人北方經學自茲始歲辛丑賜錦衣金符以郎中牙魯瓦赤行臺于燕時惟事貨賂天下諸侯競以掊克入媚以公幕長必分及之乃一切拒絕人有以銀二笏來見既謝却乃出置甓簾間遣人追及與之遂携家來輝墾荒雲門糞田數百畝脩二水輪誅茅爲堂城中置私廟奉祠四世堂龕魯司寇容傷垂周兩程張邵司馬六君子像讀書其間衣冠莊肅以道學自鳴佳時則鳴琴百泉之上遁世而樂天若將

終身後生薄夫或造庭除出語人曰幾褫五魄又汲
汲以化民成俗爲心自版小學書語孟或問家禮俾
楊中書版四書田和卿尚書版聲詩折衷易程傳書
蔡傳春秋胡傳皆于燕又以小學書流布未廣教弟
子楊古爲沈氏活版與近思錄東萊經史論説諸書
散之四方時先師許魏國文正公魯齋在魏出入經
傳子史泛濫釋老下至醫卜筮兵刑貨殖水利算數
靡所不究公過魏與竇漢卿相聚茅齋聽公言義正
粹先師遂造蘇門盡錄是數書以歸謂其徒曰曩所

授受皆非今始聞進學之序若必欲相從當盡棄前習以從事於小學四書爲進德基不然當求他師衆皆曰惟先生命則魏國公由窮理致知反躬踐實爲世大儒者又公所梯接云歲庚戌盡室來輝相依以居會上在潛邸遣脫兀脫故平章趙璧驛至彰德恐公避逃脫兀脫留璧獨至輝以過客見審其爲公始致見徵之旨公曰天下之人同是姓名何限恐使者誤徵不敢妄應璧曰汝非棄牙魯瓦赤隱此者乎公曰是則然矣璧曰良是乃偕往彰德受命遂行既至

上大喜曰客遇之俾居衛從後列惟不直宿待召與
語隨問而言久之詢及治道公見上聰明神聖才不
世出虛已受言可大有爲感以一介見信之深見問
之切乃許捐身軀馳宣力盡其平生所學敷心瀝膽
爲書數千百言首以二帝三王爲學之本爲治之敘
與治國平天下之大經彙爲八目曰脩身力學尊賢
親親畏天愛民好善遠佞次及其救時之弊爲條三
十曰立省部則庶政出一綱舉紀張令不行於朝而
變於夕辟才行舉逸遺愼銓選汰職貪則不專世爵

而人才出班俸祿則贓穢塞而公道開定法律審刑獄則收生殺之權于朝諸侯不得而專丘山之罪不致苟免毫髮之過免罹極法而寃抑有伸設監司明黜陟則善良姦宄可得而舉刺閣徵斂則部族不横於誅求簡驛傳則州郡不困於需索脩學校崇經術旌節孝以爲育人才厚風俗美教化之基使士不媮於文華重農桑寛賦税省徭役禁游墮則民力紓不趍於浮僞且免習工技者歲加富溢勤耕織者日就飢寒肅軍政使田里不知行營往復之擾攘賙匱乏之

恤鰥寡使顛連無告者有養布屯田以實邊戍通漕運以廩京都倚債負則賈胡不得以子爲母如牸生牸牛十年千頭之法破稱貸之家廣儲蓄復常平以待凶荒立平準以權物估却利便以塞倖塗杜告訐以絶訟源各疏施張之方其下本末兼該細大不遺文不具述上奇其才由是動必見詢使授太子經以太師淇陽王之兄故丞相木土各兒故右丞不華吉丁令司徒買奴爲之伴讀日以三綱五常先哲格言薰陶德性明年憲宗卽位詔凡軍民在赤老温山南

者聽上總之大爲張宴羣下罷酒將出遣人止公厠
者諸人皆賀汝獨默然豈有意耶對曰臣欲陳之他
日不謂遽問且今天下土地之廣人民之殷財賦之
阜有加漢地者乎軍民吾盡有之天子何爲異時庭
臣問之必悔見奪不若惟手兵權供億之須取之有
司則勢順理安上曰慮所不及者遣人入關願總兵
與國戮力報可公策太祖承天大命兵取天下功未
及竟而遂陟遐太祖平金遣二太子總大軍南伐降
唐鄧均德安四城扳棗陽光化留軍戍邊襄樊壽泗

繼亦來歸而壽泗之民盡於軍官分有由是降附路絶雖歲加兵淮蜀軍將惟利剽殺子女玉帛悉歸其家城無居民野皆榛莽何若以是秋去春來之兵分屯要地寇至則戰寇去則耕積穀高廪邊備旣實俟時大舉則宋可平上善之始置屯田經畧司於汴西起穰鄧宿重兵與襄陽制閫掎角東連陳亳清口桃源列障守之又置都運司于衛轉粟于河繼餽諸州陝西則移隴右汪義武公戍利州劉忠惠公黒馬于成都割河東解之鹽池歸陝西置從宜所中糧與元

猶懼不繼置行部泰州順嘉陵漕漁關沔池轉粟入
利其年大封同姓教上於南京關中自擇其一公曰
南京河徙無常土薄水淺潟鹵生之不若關中厥田
上上古名天府陸海上願有關中帝曰是地戸寡河
南懷孟地狹民夥可取自益遂兼有河内壬子夏入
覲受命征大理至曲先腦而夜宴群下公爲陳宋祖
遣曹彬取南唐救無效潘美伐蜀嗜殺及克金陵未
嘗戮一人市不易肆以其主歸明日早行上據鞍呼
曰汝昨夕言曹彬不殺者吾能爲之吾能爲之公馬

上賀曰聖人之心仁明如此生民之幸有國福也明年夏禡牙六盤大張敎條俾公以王府尚書身至京兆置宣撫司以楊中書爲使奏諸千夫長不法奪有人室者旬月之間民大和浹道不拾遺師行留裕宗後謂曰姚公茂吾不能離恐廢汝學今遣竇漢卿敎汝先遣三使入大理諭招許不殺掠大軍經吐蕃刋木求塗以前三使先至諭旨彼以爲誑磔其尸於樹大師及城其相高祥登俾望之見吾軍威之盛駭愕户張不收餝公盡裂稾帛爲幟書止殺之令分號街

陌由是其民父子完保軍士無一人敢取一錢直者
惟急求三使之首或曰投珥水中遣漁者網之無得
也俾公爲文以祭賜其家人數十戶世無有與及歸
馬多道死公惟一馬瘠不可乘之則牽之襟縠數廿
時摇木盂以飼雪深三尺軍馬所經踏爲冰梯惟旄
牛負槖以從徒步僅千里而中原馬至分賚之始免
蔺足上駐六盤公疾求居關中敎使勸農身至八州
諸縣諭上重農之旨凡今關中桑成列者皆所訓植
歲丙辰公入見或讒王府得中土心帝遣阿藍荅兒

大爲勾考置局關中惟集經畧宣撫官吏下及征商無遺羅以百四十二條曰俟終局日入此罪者惟劉史兩萬戶以聞餘悉不請以誅上聞不樂公曰帝君也兄也吾弟且臣事難與較遠將受禍未若盡是邸妃王以行爲文居謀疑將自釋復初好矣上難之翌日語再及曰臣過是無策思久之曰從汝從汝先遣使以來覲告時帝在河西聞不信之曰是心異矣曰來詐也再使至詔許馳二百乘傳棄輜重先及見天顏始霽大會之次上立酒尊前帝酌之拜退復坐及

再至又酌之三至帝泫然上亦泣下竟不令有所白而上救罷關西鈞考𢈔行部安撫經畧宣撫都漕諸司帝規自將南伐與上閲地圖俾公[illegible]指瀕江州郡津步要地可舟越者遂復上兵遣由鄂入歲巳未秋及江而憲廟崩渝問至上猶濟汙駐兵結層樓㠾以臯比日居其上臨攻鄂城東北賈似道聞公諮謀軍中比爲王猛城垂拔前茅上及長沙下及隆興聞叛王將爲非覬於家追前茅還遂振旅斷浮梁以歸帝卽大位以王文統爲平章盡出藩府舊臣立十道宣

撫使諸侯惟嚴忠濟爲强橫難制乃以公爲東平至
居庸北制下受命卽南或勸無行當入覲陛辭公曰
文統新當國彼將以我爲奪其位至治郡置勸農撿
察二人以監之推物力以均賦役罷鐵官居三月大
駕北征天后留燕遣使召公見輦幼時汝授之書何
久留彼時土木各而爲丞相惟專從衛宮闈諸事疑
則見謀二年拜太子太師公曰皇太子未立安可先
有太師還制中書改大司農公奏在太宗世詔孔子五
十一代孫元措仍襲封衍聖公卒其子與族争求嗣

爲訟及潛藩帝時曰第往力學俟有成德達才我則
官之又聞曲阜有太常雅樂命東平守臣輦其歌工
舞郎與樂色俎豆祭服至日月山帝親臨觀飭東平
守臣負闕充補無輟肄習臣宜撫東平嘗閱先聖大
賢之後詩書不通義理不究與凡庶等版洛士楊庸
選孔顔孟三族諸孫俊秀者授之經而學夫禮盡眞
授庸教官以成國家育才待聘風動四方之美又詳
議王鏞亦善士鍊習故實宜令提舉禮樂庶其歲久
不致崩壞皆從之又具奏八事曰舉老成以輔皇子

重省臣以振朝綱定法制以齊庶政立銓選以轉百
官其四如兵衛屯田學校農桑皆所屢陳又具四事
保民守信強幹弱枝脩內治外敦本抑末於兵衛又
申奏曰內地之民不習武事不耐勞苦第可使出財
賦以資國用西京北京諸路之民習武耐勞可盡復
其差賦充本路保甲屯田使進有取而出有歸可鎮
內竊以禦外侮漢軍除守禦南邊可選精勇富強三
萬燕京東西分屯置營以壯神都此左右中三衛起
本者詔赴中書議事講定條格其勉諭曰姚樞辭避

台司朕甚嘉焉省中庶務須賴一二老成同心圖贊
仰與左三部尚書劉肅往盡乃心其尚無隱條成與
丞相史忠武公奏之帝深嘉納後詔中書右丞相安
童同知樞密院事伯顔翰林學士承旨和禮霍孫近
史天澤姚樞講定新格朕已親覽可行於今卿等聞
否亦當一一參攷逐行其間一二可增損者記錄以
聞李璮召其質子彦簡竊歸反有迹矣帝問卿料如
何對曰使璮乘吾比征之釁留後兵寡瀕海擣燕閉
關居庸惶駭人心爲上策與宋連和負固持久今數

擾邉使吾罷於奔救爲中策如出兵濟南待山東諸
侯應援此成擒耳帝曰若是賊將何出對曰出下策
三年文統伏誅西域之人爲所壓抑者伏闕羣言回
回雖時盜國錢物未若秀才敢爲反逆帝曰在昔潛
藩商訂天下人物亦及文統姚公茂言此人學術不
純以游說干諸侯他日必反去年竇漢卿上書累數
千言亦發其必爲亂首秀才起盡皆斯人然文統之
相參知政事商公挺實譽之至是費寅以九事中時
恚忌訟商公爲文統西南之朋引陝西郎中行宣撫

使趙良弼爲徵幽商公上都以良弼多智畧疑爲文統流亞械繫于獄會遣阿脫行院成都而無輔行俾省擇人公奏惟商挺可陞下寬其前罪責成斯行遂出而遣之公又入奏方踐祚之初非良弼詷事關中恐後事會寧身負釁擅誅東西川兩帥之罪以寛陛下西顧之憂推是爲心忠純皎然安得與文統蓄異志者比臣請質闔門百口必其無他帝悟出之四年拜中書左丞至元之元出省臣三罷世侯置牧守遷轉河東山西河南山東官吏公行省河東山西明年

而歸或言中書政事大壞帝怒天降大臣罪有入不
測者公上言太祖開創跨越前古施治未遑自後數
朝官盛刑濫民困財殫陛下天資仁聖自昔在潛聽
聖典訪老成日講治道如邢州河南陝西皆不治之
甚者爲置安撫經畧宣撫三司其法選人以居職頒
俸以養廉去汚濫以清政勸農桑以富民不及三年
號稱大治諸路之民望陛下之治已如赤子之求母
先帝陟遐國難並興天開聖人纘承大統卽用歷代
遺制內立省部外設監司自中統至今五六年間外

侮內叛繼繼不絶然能使官離債負民安賦役府庫粗實倉廩粗完鈔法粗行國用粗足官吏轉換政事更新皆陛下克保祖宗之基信用先王之法所致今陛下於基業爲守成於治道爲創始正宜息聖心荅天心結民心睦親族以固本建儲副以重祚定大臣以當國開經筵以格心脩邊備以防虞蓄糧餉以待歉立學校以育才勸農桑以厚生是可以光先烈可以成帝德可以遺子孫可以流遠譽以陛下才畧行此有餘邇者伏聞聰聽日煩朝廷政令日改月異如

始栽之木生而復移既架之屋起而復毀遠近民臣不勝戰懼惟恐大本一廢遠業難成為陛下之後憂國家之重害帝恚為釋五年用兵襄陽立河南行省經理屯田以公僉省八年入覲十年拜昭文館大學士詳定禮儀事其年襄陽下問其事宜公對呂文煥以江淮一使兼上路總管生券軍縱還熟券徙之河北皆可十一年初議大舉奏如求大將非中書右丞相安童同知樞密院事伯顏不可七月左丞相伯顏陛辭付敕書惟逆戰者如軍律餘止殺掠古之善取

江南者惟曹彬一人汝不能殺是亦一彬也既濟江
下郢使至夜召見公帝憂見色曰自太祖戡定天下
列聖繼之豈固存之令久帝制南國邪葢天命未絕
朕昔濟江而家難作天不終此大惠而歸今伯顏雖
濟江天能終此與否猶未可知是家三百年天下天
命未在吾家先在于彼勿易視之其有事宜可書以
進公言嚴兵守郢無使荆閫斷陽羅渡先遣使責貟
歲幣留行人之罪明年公又言白陛下降不殺虜之
詔伯顏濟江兵不踰時西起蜀川東薄海隅降城三

十戸踰百萬自古平南未若有此之神捷者然自夏徂秋一城不降皆由軍官不思國之大計不體陛下之深仁利財剽殺是致降城四壁之外縣邑丘虛曠土無民國將安用比聞楊州焦山淮安人殊死戰我雖克勝所傷亦多宋之不能爲國審矣而臨安未肯輕下好生惡死人之常情蓋不敢也惟懼吾招徠止殺之信不堅詐其來耳是用力拒宜申遣公幹官專輔伯顔宣布止殺之詔有犯令者必誅無赦若此則賞罰必立恩信必行聖慮不勞軍力不費老氏有曰

大兵之後必有凶年疾疫隨之軍雖不試而民止得其半況今民去南畝來歲之食將安所仰怕手腰刀必唱爲亂袒臂一呼數十萬衆不難集也雖非勁軍堡山柵水卒未易平是一宋未下復生一宋又南方官府以情破法鞭背文面或盛竹絡投諸江中又鹽鐵酒酤榷自漢代其後因之不廢今方新附若復徵之人必離散制曰鞭背黥面及諸濫刑宜急除之榷酤後議十三年罷昭文館拜翰林學士承旨仍評定禮儀宋平凡其侍從之臣以士子入見者必令見公

詢其學行而官之九月享廟拜大禮使明年上以自九月不雨至於三月問可以惠利斯明者公曰糜穀之多無若醪醴麴蘖京師列肆百數日釀有多至三百石者月已耗穀萬石百肆計之不可勝算與祈神賽社費亦不貲宜悉禁絶皆從之初公方奏事得疾忽瘖不能言帝急命從臣扶出登車至家未甦百日而愈後三年疾再至昏默三日薨壽七十八京師士夫哭祭如失親戚曰自今帝側圖回天下者豈復有斯人者邪惟僉密院趙良弼賻俸半歲爲位祭其家

終喪時孫姪燧仕安西燉僉淮西提刑煒獨舉其柩
藁葬京城東南別墅後十八年當元貞二年五月煒
徙葬卜於西洛金門山祖塋別兆于輝蓟山之陽公
天資合弘而仁恕恭敏而儉勤理生惟務本實不事
末作未嘗疑人欺已有負其德亦不留怨胷中憂患
之來不見言色魏國公每譽其善於順受人莫可及
在京晚屢輟祿雖奉朝請假質劵劑盈末視貧甘心
不一出言恃其久故千人聞不足於上有來即謀必
反覆忠告惟恐吾言之不盡及秉筆中書或咎公獨

遺門墻故人公曰用人威權當出天子果若賢材烏避不聞其鎖尾者烏敢藉權樹親賓市私恩乎他善衆多今惟表其大益斯世者四其一倡鳴斯道使今天下鄉校童蒙之師猶知以小學四書爲先雖戴惠文身爲刀筆筐篋之行與非華人亦手披口誦是書求廁士列者往往多然故中書左丞之制有曰德全天懿學得聖傳旨固有在於斯也再則中土士夫不知爲廟作主以奉先祀自公始輝人多化之而祖考妥靈有所三征西南夷爲陳曹彬取南唐兵不血刃

贊神武以不殺四當世祖淵龍規一幅隕之判裂也
請開屯田淮蜀移兵戍之固已起平宋之本及議南
代而難大將又上言非中書丞相安童同知宥密伯
顔兩人不可宋平又與諮謀其新國圖任其降臣隨
有兩王作難海隅當十五年炎燼撲滅而公始薨右
以揆之晉羊祜首策平吳吳平而身不及見樂毅有
曰善作者不必善成蓋當其時自明其身不終所事
於燕惠數百年後猶能取必於祜今焉不效於公歟
四夫人惟王氏先公卒繼宋氏後公七年卒公贈少

師贈吳興郡夫人及公國魯與完顏氏李氏皆從封魯國夫人後公三十四年完顏亦卒故三夫人皆祔煒李出今中泰大夫河南北廉使其忠厚清慎有克繼元烈之譽二女姊宋出娣完顏出娣卒姊繼皆嫁爲閫府忠武公中子杞淮東肅政廉訪使妻皆卒孫尚孩嗚呼燧生三歲而孤公卯翼之不知其蒙闇敎督而急其成俾粗有聞承乏翰林復世公官恐公事業不能詳盡不敢干他詞臣故惟自述文不過華質不至俚而據其實焉耳矣銘曰惟天聰明視聽自民

沃天子心敬莫匪臣舜察邇言昌言禹拜稱聖萬世
臣何與在粵若世祖方龍躍淵載牽徵車遐蒐逸賢
卽輝起之爰置左右授太子經事靡不卬公感一介
盡其平生所學與知傾敷悃誠書首八事脩身以始
賢親畏天愛民以次申以三十條捄弊之方施治所宜
如紀在綱上總兵民公請民去上受封國公擇地所
上征南詔公陳遏劉上曰汝言吾行優優展也神武
操旣有要天下定一于時已兆移兵戍邊首蜀尾淮
免夫春秋剽殺去來汴置經畧秦以宜撫三年其民

歌舞樂土治效若斯公於之時一出爲猷不無賛彌
又從濟江内難方蹶帝遄其歸大統入繼移昔已試
施諸萬方帝思舊人台衮用章公拜稽首元艮未建
臣何力有太師顧先攺爲大農尋拜左丞申以責難
書存可徵南土既平諮謀新國昭文禁林必首見及
後聖相承言行其生沒爲法程謚以諱名既又進加
功臣開府莫尊太師莫尊國魯哀榮若斯大書穹碑
比其生全千祀可貽

元文類卷之六十　終

元文類卷之六十一

元　趙郡蘇天爵伯脩父編次
太原王守誠君實父挍訂

神道碑

參知政事賈公神道碑　姚燧

賈氏之顯在金叔世由大考銀青榮祿大夫上柱國尚書右丞河東郡襄獻公諱守謙相宣廟故曾大父衍金紫光祿大夫曾妣石其夫夫人焦皆從封河東郡夫人考順武節將軍兵部主事蔡州觀察推官生公

鄭州年十五洊亂巳失兵部奉姚夫人孫踰河依舅氏居右天平甫反寇入官行臺于時法制寛簡凡受事者惟以賄先或餽黃金爲兩半百峻絶不取太宗聞之稱其清愼特敕有司月給白金爲兩百世祖潛龍驛致諸邸與語合意俾董城上都竟工丁姚夫人憂去及踐天位首以爲中書左右司郎中不名惟官命之坐政事堂位宰相下他爲郎者莫之與班由善國言小大庶政不資舌人皆特入奏其冬帝自將討叛王漠北漢人惟丞相史忠武公及公二人者從歸賜

西錦服賞其周旋莽闐皸瘃之鄉不懈益勤也帝問鄉郎俸幾何公如數對則曰何薄如是敕增之公曰品制宜然後太保劉文正公奏公參知政事公又曰他日必有由郎援例求執政者將何為禦皆不許至元始元官朝請參議中書省事詔同燧先世父太師文獻公時以中書左丞行省河東山西罷世侯置牧守五年再為左右司郎中者三年益殺臣為平章欲擅利權病其束手中書不得肆欲奏求分六曹繁務立尚書省授公中書給事中丞相惟署制敕而已隨

同兩丞相史公耶律公潤色國史翰林十年襄陽下
詔令郎汰生熟劵軍隨授知襄陽府府隨陞路官太
中襄陽路總管虎符明年詔淮安忠武王伯顏時以
中書右丞相河南王阿木以平章楚公阿力海涯以
右丞行中書省將圍襄諸軍濟以新籍之兵合數十
萬衆平宋授公宣撫使議行省事浮漢濟江下鄂大
師其東留右丞及公戍鄂明年授僉行中書省事荊
閫遣安撫使高世傑來襲右丞出禦敗之降世傑乘
銳下岳進拔江陵又移軍圍潭獨公留戍士民求見

者前其人而却其贄金帛一錢不入其門酒茗之徵亦絶戢吏卒無入鄉敢縱暴者刑以重典發庾賑飢宋宗室仰食官者仍廩之不變其服而行其楮幣弛湖荻禁聽民漁樵東南未下之州商旅滯此者給繻歸之紛舟百數十艘操以水軍免括商民置藥局遣醫吏視疾瘦婁安邦以信陽來歸從其子入覲矣裨將陳思聰屠其家逆端則見或議加兵公曰爲是益堅其叛惟可計致遣朱千戸從十人往使戒無操兵好謂之曰汝與安邦同功有慭盡明之省何俟其出

而屠其家或仇黨夙夜甘心於汝奈何宜身自省告
余以故余則直汝不然少猶豫則以叛加兵與誅矣
思聰果來隨徵其妻子其徒至數以戕賊主帥家與
未受使言逆射殺其從二人罪併肆其子諸爲亂於
市幼主既降其相陳宜中文天祥挾益衛兩王逃之
閩廣爵人號年東南大蠢覬倖之徒相煽以動大或
數萬小或千數在在爲羣鄭寇起司空山劇黃及壽
昌壽昌距鄂尤邇鄂屬縣傳高亦集衆跳梁爲應公
多爲檄曉曰汝皆平民爲賊驅脅至此俘殺之獲子

女貨財渠惡悉有汝何利焉捐父母妻子徒受叛逆
之名以取族爲鄉里所醜今能投兵返其居者復齒
平民不蹤迹其既往有斬賊首至者以級多少受賞
以渠首至者官之言中其情上下猜沮稍稍離渙壓
以官軍遂盡株橛翦平無留高亡之江西武寧公又
檄敢舍匿者誅及其鄰窮無所歸變姓名返家爲尉
吏縛致磔死初遣萬戸某者討是賊其人顧以高爲
辭請急盡殲鄂之豪傑大姓以絶禍本公曰應賊者
高鼠子何爲旋就梟夷豪傑大姓初無與知柰何以

高誣誅逆天欺君以禍民夫誰敢然汝第往吾能必
其無佗其人出留所善部將戒曰聞吾還軍汝舉烽
城樓内外合發必盡殲是會其戰不利水死其始事
彰鄂人大恐轉益德公恃爲司命時精兵盡於圍潭
居守半老疾乃雜新民乘城民相誓曰設寇誠至吾
曹二三千人必無四顧其家專擁衞賈相十四年宮
中奉湖北宣慰使明年授參知政事無幾時遷江西
行省參知政事民素父母愛而神明敬之號送其去
像事於學先聲至江西民有迎訴千里外者時其省

收海隅僞命甚急有者坐以連賊無者謂爲斬匿將
爲後用誅諭巨室踰三百家猶有幽獄未斷者公至
出其非辜下令凡宋告身以城來者朝廷旣加其舊
官之矣自餘蓄此無所敍復徒自取禍其悉投水火
敢有以索兵仗爲名俠入民家罔爲收匿以起獄取
貨與取妾入子女痛繩以法明年大水壞民廬室藏
蓋者發粟以賙其逃登屋木者遣吏具舟載糜粥糗
糒以食脫沈溺數萬家宰相出入以甲士導從至省
班立庭下其冬大雪墮地旋消移時不能滿寸右丞

闕出勳貴胄也顧謂公曰南方並有北寒減三月公曰相公襲貂裘熾炭其前而張幄於後言是則宜彼庭立者必以爲加三月矣右丞屬觴於公謝其失言休士於廡由是知其爲心斯須不忘恤下也事必資決不敢友視而師之明年李梓發盜據南安公虞他將往則爲暴堅其不下請身往平纔從兵千營于城北爲檄推誠招懷梓發度其猖獗日久勢不敢歸以其徒知公有素或貳其操戰不爲用懼左右竊取其首爲功乃閉妻子一室自焚死衆皆散還其鄉不戮

一人平南安歸江東饒之屬縣都昌杜萬一挾左道媢人有衆萬數狂僭置相公曰都昌與吾南康止限彭蠡此寇不戢將亂南康乃調兵戍遏彭蠡西瀕別遣方招討將其軍伏仗舟中僞爲商農徑造芟舍生禽萬一與其相曹者以歸磔龍興市其徒散駭復其民居後有列巨室姓名百數來上云與賊連公曰大憝誅矣延求何爲火之而江東宣慰使某者媢其成功遣使入譏公不俟江東兵至惟遣南將往討私有其藏以八日屠禁日殺人會公亦遣使至制責江東

使曰賈郎中爲者何有過差且是賊非羊豕人也雖
殺以朔日猶可十七年詔再征日本賦江浙江西湖
廣三省造海艦公極言如是將亂江南欲身任入聞
陳其過舉他相以爲不可廢閣詔令異同之間其年
七月二十日年六十三薨于豫章而始成戰艦遣宣
慰某者總致于軍東征丞相憤失軍興將以是日斬
使忽詔下旣江西海艦後期罷兵君子謂公薨猶利
國如古尸諫以其冬十有二月歸葬威州井陘牛山
先塋嘗取其平生家居事妣夫人曲極孝敬迨薨移

是以養寡姊夫人李氏信氏雍睦無間言視政之休
未嘗廢書從戎亦槖駞負書以行從討叛王度漠有
暇猶爲世祖陳說資治通鑑納君於善延師私塾俾
德諸子日或至其舍出門交友貌粹而言溫侃侃易
直無有城府機穽尤篤故舊故第邇太室歲常以十
月剛日大享其日每風雪沍寒非執豆籩聞鐘鼓振
發不敢安卧其室冠服庭立至乎已享積學其躬如
是施諸用世事世祖二十有一年其居中當膺聖大
有爲之時與二三元臣上以毗賛其經國下以燮熈

其子民者十有三年出而經理南紀謀猷大軍于襄
陽于湖廣于江西新造之邦嚮化未純安而集之煦
而濡之如恐一夫不獲其所一有海隅之難盜賊附
起禍釁而賞勸德綏而威撻徐華其面而浹其心俾
方三數千里之氓一喙同辭稱其仁人求能推守大
帝諭忠武王以曹彬取南唐不殺之訓者無公亞疋
嗚呼後公之薨廿有九年今聖言念盡瘁大帝功加
生民贈推忠輔義功臣銀青榮祿大夫平章政事定
國公謚曰文正哀褒之典無一遺者恩重書棺公面

歆茲可作於九原矣五子鐸淮東宣慰使鈞中書省參知政事鉞不祿鏞令曹之禹城鍔知鹽官州二女適臨湘令劉彧僉山東道肅政廉訪司事王遂男孫五汝玉行臺監察御史汝立汝礪餘未名女孫五有從者三吉州校官許崇慶戍守眞揚萬戶劉遂壽武庫使劉復餘幼男曾孫五女曾孫一皆幼銘曰定公筮仕于顧成世弱齡卑官潔愼巳至世祖淵龍謂治須賢蒐以自毗如渴縮泉公焉其時先後胥附及踐天位大正百度以公爲郎左右中書尼我庶政丞相

共圖日月入告天顏諟顧不恇於威不愉於豫垂十五年政治隆平維帝之明公猷是經將一文軌襄漢其始出公軍節爲烈益偉旣下江夏人暴而仇公則綏之數澤優優粟飢藥疾于賦于役勝國厲民靡不與蠲大盜劬勤動萬爲曹以言爲兵訓耕其豪民視曰公予父予母胡不像之事以豆俎閭遷省洪出滯齋浴洪聞其來以抃以嬉旣繫岸獄載糗與粥舟取溺逃干彼登木南安勦狂不鈇斧斯僭僞都昌生致用方惠懷其仁兩省千里聞其告凶號啼婦子疇非

位相死而罵長伊疇若公没世不忘謚于太常傳以

太史紉世其德衆多令子有㦤歸山螭石劖穹神保

焉依期古與終

僉書樞密院事董公神道碑　　姚燧

公諱文忠字彦誠眞定藁城人曾大父哲大父昕父

俊材而略太祖兵金由農畝將鄉民萬衆來歸官以

龍虎衛上將軍右副元帥知中山府事時太尉史忠

武公兄河北西路都元帥天倪開閫眞定其倅武仙

殺元帥一家百口據眞定叛而臣金太尉集兄散卒

復之仙走壁雙門夜又襲入太尉唯與故侍衛親軍都指揮李伯祐投城涉塹奔槖右副聞亂已艤舟滹沱郎馬入槖合力再復之仙走壁抱犢旋踰河太宗以太尉爲眞定河間東平濟南大名五路萬戶右副長千夫從追義宗歸德薄北門而陳金縱兵夜擊我師敗績右副死事夫人李氏九子公次居八憲宗郎位明年壬子年二十有二始入侍世祖潛藩承旨王文康公鶚言詩教問公能乎對曰臣少讀書唯知入則竭力以事父母出則致身事君而已詩非所學癸

丑從征南詔巳未伐宋王師臨江與兄忠獻公文炳
翰林承旨文用率勇士乘艗舸求先濟敎遣他將舟
師繼之三戰三捷得敵蒙衝百艘遂進圍鄂上正宸
極中統之元置符寶局以公爲郎後官奉訓大夫居
益近密上嘗不名唯第呼董八亦異數也而不爲容
悅隨事獻納中禁事祕外多不聞舉所可知如至元
二年安童以右丞相入領中書建陳十事言忤天聽
公曰丞相由勳閥王孫夙以賢聞今其始政人方延
佇傾耳而所請若是後何以爲乃從旁代對懇悃詳

切如身條疏者始得開可八年侍講徒單公履欲行
貢舉知上于釋崇教抑禪乘是隙言儒亦有是科書
生類教道學類禪上怒巳召先少師文獻公司徒許
文正公與一左相廷辨公自外入上曰汝日誦四書
亦道學者公曰陛下每言士不治經究心孔孟之道
而爲賦詩何關脩身何益爲國由是海內之士稍知
從事實學臣今所誦皆孔孟言烏知所謂道學哉而
俗儒守亡國餘習求售已能欲錮其說恐非陛下上
建皇極下脩人紀之賴也事爲之止君子以爲善於

羽翼斯文十一年以大師南伐民困供億奏蠲常歲他名之征後燕見降將問宋所由以亡皆曰賈似道當國薄武人而唯文儒之崇武人怨之後大師至外而疆埸內而京都莫有鬬志釋甲投戈歸命恐後上問公之言何如公曰似道薄汝而君則爵以貴汝祿以富汝未嘗汝薄也而以有憾而相移怨而君不戰而坐視亡國如臣節何似道薄汝豈以逆知汝曹不足恃爲一旦用乎上深善之詔徙大都獵戶郢中奏止還貧弱者弛收官鬻田器之稅聽民自以爲勸本

富俗惠患多盜赦苟犯者殺無赦在在繫纍充牣犴獄公言令殺人于貨與竊一錢直上均死一斷不啻潛黷莫甚恐于陛下致祥之氣好生之德多所干傷赦革之或告漢人毆國人傷又或告太府屬盧甚盜斷監布上命殺以懲衆公言令刑曹於囚罪入死者已有服辭猶必詳讞是事未可因人一言遽置重典宜付有司簿責閱實以俟後命乃遣近臣臘滿覈毆傷公覈監布告毆得誣杖遣之監布甚太府始受端外皆有羨尺適尚方工官有需其入借毀成端斷羨

以給非身利而爲也降旨原之責侍臣曰方朕怒際卿曹皆結喙非董入啟沃朕心則殺是非辜必竊竊取議中外矣賜金尊曰用旌卿直儲皇亦曉官臣曰方壓以雷霆而容止話言暇不失次卒矯以正實人臣難能者太府屬摯而泣謝曰鄙人腰領賴公以全公曰吾雅非知子其必拯濟諸阽危者蓋與國平刑非期子見德也其返而摯自安童北伐犯法臣阿黑馬獨用盜弄威福衆立親黨懼平章廉希憲復相必妨其私表以右丞江陵者踰年公奏希憲昭代名臣

今端揆虛席不可久使居外以孤人望宜早賜環從
之十六年十月乙亥還自萬壽宮祝釐所奏曰陛下
始以燕王爲中書令樞密使纔一至中書後冊儲皇
累使明習軍國事者十有餘年終守謙仰非不奉明
詔也亦朝廷處之未極其道夫事已奏裁而始啟白
爲人臣子惟有唯默避在不敢以令可否制敕而已
以臣所知盡令有司啟而後聞其有未安斷以制敕
則理順而分不踰必不敢辭責元良矣其日盡前省
院臺臣將百人上面諭曰自今世務其聽皇太子臨

決而後入聞尋語備皇董入崇植國本者其識勿忘
禮部謝昌元請立門下省封駁制敕以絶中書風曉
近習奏請之源上銳欲行之詔廷臣雜議怒承旨少
保王文忠公盤曰如是益事汝不入告而使南士後
至之臣言之用學何爲必今日開是省廷臣三日始
奏公爲侍中兼其屬多至數十人其臣弗便也入言
陛下將別置省斯誠其時得人則可寬聖心以新民
聽今聞盜詐之臣與君其間言多目公公恚辯曰上
每稱臣不盜不詐今汝顧臣而言意實在臣其顯言

盜詐何事上出奏者公猶愬不止且攻其賊國之姦
上曰朕自知之彼不汝言也然終忌公得君淸愼無
過莫可指以爲報者乃以楮鏹萬緡爲壽求交驩擯
棄不取忠獻公卒官中書左丞故太傅伯顏公表其
可相上使嗣爲公曰臣兄有戡定南土之勞位是則
可臣給事居中宜何力焉而可嗣爲十八年陞局爲
典瑞監郎爲卿官以正議大夫俄受資德大夫僉書
樞密院事卿如故始不從蹕留居大都凡宫籞城門
直舍徼道環衛屯營禁兵太府少府軍器尚乘等監

皆領焉兵馬司舊隸中書併付公將權臣累請奪還中書不報是冬十月二十有五日鷄鳴將入朝忽踣家庭氣息奄奄上遣中使持藥投救不及遂絶傷怛不已猶覬其息救匆遽斂五日乃瘞且知公圖書外無他居積賻錢數千萬儲皇等是以十二月六日歸塟其鄉高里先塋最始至終實三十年征伐蒐田無地不從凡乘輿衣服鞶帶藥餌小大無慮百數十槖靡不司之中夜有需不以燭索可立至前風雨寒暑飢渴駿奔心無怠萌戶絶勸語屬屬乎惟以執事不

恪獲譴爲懼故能滋久眷寵彌深爲臣則然其在家出門弟弟敬宗賢賢信友淵懿而明炳孫恭而易直倫理之間人文燦然元臣故老奉朝請者上所存問及有欲言皆由公傳達權倖不敢讒危之及是則皆出涕几筵曰哀哉若人曾未中壽而不淑毋茲君側失正人矣一貴戚獨曰天下世無吾曹千人誠不加少而奪公歸耶下至傭人販夫亦失聲投業後世有一年當大德辛丑天子言念其功贈光祿大夫大司徒封壽國公謚忠貞配顧氏從封壽國夫人男五人

士珍資善大夫御史中丞士良同知開州士恭正議大夫典瑞太監士信蚤卒士能未仕女三人長適中書左丞史彬次適集賢學士張晏次適王某男孫七人長守中內供奉次守庸利用監資用庫提點次守恪內供奉守遜守簡守常守讓女孫六人長適左藏庫大使爕爕次適劉文鐸幼姆士珍將銘墳道持遼陽行省參政王公思廉之狀遠走江東而以請燧義有二焉一以其伯仲父忠獻與翰林承旨典公由先少師儲邸舊學命之不官必曰先生一以燧嘗同受

學司徒文正公且與今忠獻子其兄江浙行省左丞士選相好實再世契奚言而辭銘曰在昜六位以爻居四上承五君多懼之地於皇前聖與天巍巍神明其變雷霆其威公三十年日侍帷幄出入起居不辱於數初匪知計其身包周臣職克脩敬慎無尤人膚其觀曰郎典寶其自任重引君當道不剛悻悻不柔容容揆義爲中闕焉彌縫或攻聖學異教之似公曰其言由孔孟氏彼去其實務華辭章爲利達資何關綱常足明其心斯道力衛病爲朋黨彌禍於未衆子

之間進說多艱虞政既先國本泰山其入告内無是爲大他隨事陳罔遺于外其非廷尉獄由平反施令必臧等乎納言姦宄滔天庭伐其慝雖未即誅中劇矛戟黄髪番番致臣而家蔵時存問天語柔嘉晚書宥蹇瑞監仍柄何天不弔年過知命前聖忠之聘以送終嗣聖功之追爵上公人臣寵光至是焉極刻予廊廟清劭執德無石維年竹帛豈夷頼垂休聲其以是詩

元文類卷之六十二

元　趙郡蘇天爵伯脩父編次

太原王守誠君實父校訂

神道碑

平章政事史公神道碑　姚燧

史氏自癸酉我太祖蹙金南播之歲尚書都元帥父子相繼轉鬬河北十年元帥死武仙亂故開府儀同三司平章軍國重事中書左丞相贈太尉謚忠武公收其兄兵轉鬬河北又十年拔相衛薄金北門金土

奮銳自將踰河衛實受其鋒太尉再戰再敗其兩帥之衆十有八萬金主度不能國走死蔡太宗大其勛以爲萬戶俾將眞定河間東平濟南大名五路之兵憲宗以戰迹著衛封以衛之汲胙城新鄉獲嘉蘇門五縣繇是故榮祿大夫平章政事公以太尉元子得節度衛憲宗征蜀詔太尉以公從會其陟遐太尉還一王召公偕北絕漠覲謙州依其儲氏姑居五年而歸先是李壇反誅太尉請裁強諸侯權自令兵民之家父死而子始繼兄終而弟可及其子弟同時竝官

者無以職掌小大皆罷之請由臣家以始併辭衛封
制曰可太尉一門一日解虎符金銀符者十七人而
太尉故所將兵自先朝已解授兒子江漢大都督權
戍鄧及是亦解隸他將公無以為者數年會故中書
左丞劉武敏公拯請伐襄陽張平宋本大集天下兵
于漢之南而太尉亦謝政公請立勞軍中朝議猶避
鄧之舊軍俾與張蔡公子弘範易將始授懷遠大將
軍亳州萬戶虎符太尉飭之曰戰無後人與築夾寨
始猶回遠包山絡野綿亘百里三進薄城應中援外

息耗一絕其將張貴突圍出公斬之盡有其舟仗攻
樊城先登拔之襄陽隨下賜白金衣表鞍馬弓矢從
大軍南征越郢下復夏貴鎖戰艦絕漢爲陣我舟不
可越公戲下馬千戶眘隸都督萬衆從上巳未渡江
請爲導柂舟出沙武口入湖達江故丞相阿朮公將
二十五萬戶爲前五萬戶擇一人帥公其一帥先諸
軍濟江後繼未集與宋將今中書右丞程鵬飛遇殺
傷相當公被三創鵬飛七創肩輿走鄂鄂隨下丞相
請以輕進撓法皐公詔錄其勞賜白金五百兩大軍

既東從故丞相阿里海牙時以平章分兵圍潭州攻
鐵垻百日礮激柵木傷肩流矢貫掌先登拔之以軍
民安撫畱戍招摩遁殘既集既安入覲加定遠大將
軍以太尉玉帶賜物也人無敢復請上之制曰太尉
所服汝服何嫌即賜之自是公班請將獨一品服從
攻靜江衆皆轒轀自蔽鑿城將穿公分地獨居礮硃
所集轒轀不可嚮伺有息隙樹鉤援攀堞蟻附而登
拔之平章北還以公元勛貴胄威名非他將可輩畱
治靜江初城既兵得剽殺之餘官舍民屋盡於焚毀

公賦戲下其視吾爲師隙爲居第市爲列肆必完無
苟學校祠廟大其故制猶不能實畫地募民又賦鄉
縣之豪析族城居而所居第宏最靜江曰示吾久此
不爲去計亦制越一奇也民始勞之斷手則屋取傭
鬻直巳相什百旋爲通都民男女爲人所奴從主北
者或思鄉亡歸拘之有司可籍究者三千人省議欲
一切徙來公曰至鄂必分爲勢家有託以徙必道亡
不達且生他變既止不徙以男女齒相偶皆籍民之
乃無敢錮匿者行徇定昭賀梧潯藤容象貴鬱林柳

融賓邕横廉欽高化廣西之州十八肇慶德慶封廣東之州三皆除三年田租發倉稻以丐貧民遣鄭何朱國寶劉五剛趙珪趙修巳五萬戶戍賀昭梧融邕馬天麟宋景劉君進花禮完顔世英李宗張武鄒玞閻國順脫歡十千戶戍潯賓容象柳廉欽高化又以十千戶不兼職民則任分而令不專皆便宜假以軍民總管事聞制皆爲眞當靜江受兵溪洞諸夷旣降雲南公曰邕容視左右兩江猶身之有手足今歸雲南度吾不能制必輕爲寇入則吾禦歸則吾猶是右

不遑一日息兵其界也遣使諭曰爾捨朝發夕至之邑容乃遠託數千里經數夷地不至之雲南何以應緩急或他日爾越界爲市諸戎必以入寇加誅爾矣且朝京師路迂皆非計之得者溪洞聞之翻雲南來者五十州後雲南爭之其省平章爲書讓公曰吾與先太尉久共政汝不可有吾成功各驛以聞公使先至詔聽公節度陞昭勇大將軍廣西宣撫使尋罷宣撫攺鎭國上將軍廣南西道宣慰司宋既亡也其將相張世傑陳宜中挾益王昰衛王昺浮海趨福州立

盜王傳檄海嶺之州曰余復廣之東西豪傑啗其爵賞爭起爲應裂裳爲旗荷矛爲兵者動萬爲羣公戒諸將盜至以時降斬不得使牢根窟能以衆來者官之盜去不敢求迹平民而深爲延誅時方乏鹽發庾下令斬首來者以鹽爲購諜言夏貴已復瀕江州之江路既絕不可復北諸將求還靜江計事實欲合勢公曉之曰君輩亦挃敵懼耶孰貴能復江不能踰嶺審不可北猶與諸君取塗雲南歸矣今無輒棄戍也省議棄肇慶德慶封併兵戍梧公曰委地徹備適示

敵怯增兵戍之劇賊蘇仲集潭之潰軍萬人自王鎮
龍山侯歲事作官軍毒暑不可入外肆爲刼而植稼
其内歲事畢聞將加誅則僞出降仍歲爲是大爲横
象賓貴四川之梗公令四州爲徑其界守以土豪曰
嚴警斥官軍行前縱火廬柵隨以民夫具檐芟禾仲
窮來歸猶官以賓之嶺方令走王新立古縣斬李應
辰李福潯州由靜江北全永皆城守潭州路絕而永
尤急羅飛圍之七月其府判官潘澤民間請濟師公
又分步騎赴之大殄其衆永境遂謐後益王死衞王

繼立趙廣州壁海中崖山曾淵子以叅政開督府雷州公再諭降不可進兵逼之淵子奔硇川獲其兩都統驛送京師遣萬户劉仲海戍雷世傑將萬衆至仲海出奇擊走後羞墮其詐計悉衆來圍城中絶食士皆煑草爲糧公抽兵漕穀欽廉高化諸州再破走之用兵海南詔公親戍雷式遏西突會衛王蹈海死南海平廣東之户十耗八九而廣西獨完不殘及户賦酒酢算公以嶺南地險而民寡俗悍而産貧征之適急其爲盜省是其説蠲之古今廣西茲湖南不困後

弘範入覲請復將亳州兵制可還公鄧之舊軍拜參知政事行廣南西道宣慰使入覲拜資德大夫中書右丞行省湖廣用兵日本詔督造戰艦六百仍送揚州用兵安南詔給糧仗廣西師還廿二年要束木以中書左丞來而湖廣囂然多事民喪其遂生之心矣以公嘗督海艦費計巨萬大爲鉤考毫推縷剔求可中公者無可得乃責償軍民三萬定明年移省江西仍中書右丞又明年拜中書左丞俄復右丞還之湖廣其人已平章恃有援籍怒詈同列辯詐鷙刻師心

而行聲勢張甚以公結聖知固謙抑不報強禦者獨
不忍以言色侵之凡與處四年拜榮祿大夫平章政
事會大料民州縣賦紙爲籍渠以戶率如干爲十五
萬定可官有之令州縣別方爲籍集吏計局程督日
嚴將有首償者而赦令下渠猶曰第可原裒求罪耳
錢不可貰公以鴻恩之餘宜無深誅不從公則曰最
令籍用當十萬定而悉徵之吏將重賦之民民益殫
矣渠曰吾徵其餘貴償五萬定其逆憑怒當大紛一
言從容十救一二民丐其利者此類元惡伏辜可以

得爲而公亦薨實至元廿有八年秋七月十有五日年止五十八性友愛喜施有積必分之諸父諸姑昆弟羣從空橐不愛焉甥姪男女孤者鞠之時其婚嫁力不足猶稱貸爲之閨壼不敢干外事與人交襟懷曠夷雖疎且賤不峻陛級不置門廡游意絲竹尚友東山者老而不衰焉公諱格字晉明聚書萬卷鼎彝圖畫一室號曰裕齋其先大興永清人曾祖成珪晦德其鄉生行部尚書諱秉直實生太尉諱天澤妣夫人木年氏夫人劉氏儲氏兩張氏子七人燿榮餘未

名女二人在室男女孫皆一人公未有子子都督干郎燿也篤其愛曰是他日可虞者以從戰廣西勞授靜江同知遷廣東宣慰副使換淛西宣慰副使前罷一年朝議不欲宰相兼將許其子弟世公累請將燿未報會以其喪來明年命下授燿虎符鄧州舊軍萬戶郎舉公柩與四夫人喪以其年十一月廿七日葬眞定之眞定縣太保莊太尉兆次甫封以榮入覲曰是臣所後父先臣格之子生十四年矣宜代臣將制可授榮仍故虎符昭勇大將軍萬戶別授燿虎符拜

榮祿大夫平章政事行省福建歸過郢人故公者感
是二子一世平章一世長萬夫符節相煥麾葢相逐
至爲隕泣嗚呼曰可良子巳客有李裕者嘗以理問
官事公江西數千里畢公之塟又奔走京師營立二
子其盡義故吏者如何燧亦故公者隧首之碑其可
辭銘曰乾文言曰聖作物覩以類從親雲龍風虎迺
今觀之匪古專然天於皇輿將畀其全亦匪一聖能
同軌轍聖武我祖鬱金河北而宋畫守猶江之南留
大遺艱待帝之戡孰有有君無其臣者太尉父子佐

一凾夏父平河北子江之南佩訓其庭無後事漸啟橫江流楊楫先濟鼓其孤軍掌敵全銳及從移兵潭桂兩州登陴兩先兩後戍晋均之爲勩而桂尤瘁基屋火餘以完府市走檄所下廿有四川胡難而安旋化而仇鱷鯢騰海狐猘陸起威柔四年平始再底捐我庾儲復而田繇方戶廣東十纔一凋湖廣再相元惡再友吾潔是求孰涅而黝一日霣首公壓室信天不憖遺一疾不振難偶者時難立之事難令之名難終之位時天之爲餘非人邪易世之難匪哲曰何刿

其惟孝不忝世德太尉既老平章軍國公世平章太尉之光燿復世公祖孫相望榮未成童亦纘龍虎歸偃斧丘奚憾之茹載烈茲碑石獸衛之與滹河流相永無期

便宜副總帥汪公神道碑　姚燧

便宜副都總帥忠讓公諱忠臣字漢輔便宜都總帥隴西義公公之冢嗣便宜都總帥忠烈公德臣中書左丞忠惠公良臣四川行樞密副使清臣之兄故副都總帥惟益之考中書左丞忠肅公惟正今平章政

事惟賢中書右丞惟考叅知政事惟勤宣慰使便宜都總帥惟和同知宣慰權總帥惟純屯田萬戶上萬戶惟簡惟允上千戶惟弼知階西和州惟敬惟恭之伯考令懷遠大將軍便宜都總帥安昌爲資承昌王必昌之祖宣慰使元昌副萬戶朝昌便宜都總帥壽昌之伯祖也卒以至元丙寅四月五日受謚于元貞二年丙申推至義武卒年癸卯實五十四年祖孫一門三世五公又許連姻王室自餘將相使牧爲質猶十八人此吾元有國而來所無者嗚呼不曰世臣之

家謂之何哉公王姓由大父彥忠世汪骨族故汪姓
金主以甲午正月死蔡義武時卽險移鞏治石門山
猶行以興正朔明年乙未始下太宗義爲其主後來
仍金官官以便宜都總帥俾從皇子闊端征蜀公留
質帝所忠烈質皇子所制後令公從征蜀以管軍總
領從破文階州大安軍從攻成都入其郛義武陷伏
中急公疾戰殺傷數十人竟衞翼而出壬寅以破土
番疊州功賜銀符明年義武卒有子七人皇子擇宜
世帥者意在忠烈謂公曰汝宜世吾欲帥汝弟而得

無後其心乎公曰王未有言臣欲推授爲之與兄有
異邪王高其行以公鞏昌元帥知府事丙午以前茅
忠南功換金符故事祖宗賓天取授符節悉取還之
故公金符亦歸之官憲宗二年壬子償賜之俾權都
總帥是明年癸丑世祖以大弟總天下兵旣移忠烈
一軍戍和州會將軍南詔禡牙臨洮公來覲俾督
漕嘉陵繼利州魏公造州棧塗水陸兼行足鈇兵籍
而恤乏民力始益昌不以饑告戊午憲宗自將討蜀
忠烈集諸將問計樓上曰吾州凋傷之餘玉帛無所

於得一旦乘輿至左右近貴之臣需求何以爲資公
則曰吾曹挨身徒見惟有能將率士衆効死前驅何
至爲是媢人定死前驅公惟恤吾妻子其責忠烈泫
然灌酒地曰兄與諸將薰心誓是德臣何言所孤兄
諸將託者有如此酒大駕至利巡所治樓壁橋隍歎
曰使吾非戍此敵先之則四川領喉之地可必能歲
月平哉遂移師西南攻劍關關之西隘曰苦竹隆慶
府治其上西北東三面斬絕深可千尺猿猱不能緣
以上下者也其南一塗一人側足可登不可並行蔽

盡鋭禦者惟此而帝勅諸軍攻未至其地無張汝檝自伐鼓督之公前登帝望幟張倡爲歌呼六軍和之聲動天地臨之兵民飛崖如蝶前是獲敵張都統伏爲蜀導反紿帝曰吾能誘此柵令降遣入行則反爲敵用且泄吾軍何地强弱何倉豐餒敎使勿下帝爲書繫筒箭三射入柵令必生致獲之磔以徇賚銀爲兩四百五十潼川府治長寧山攻復先登賚銀如若竹數加以金弊爲疋二十七復移軍東卽嘉陵爲舟行計輿檄竿鉅絙以從公奏無所事此此前塗所不

之者不若舟米數千石益此去多稻而求粟無有宜
虞以廩病者時蓬州壁運山閬州壁大獲順慶壁清
居廣安壁大梁平破竹皆下東南抵合壁釣魚山渠
江水會其下石邑入雲其帥王堅據不即下礮矢不
可及也梯衝不可接也帝欲乘拉槁勢不棄去而必
拔之故久蹕此時暑我師疫矣忠烈卒於軍公泣集
將佐議曰吾季卒軍馬革裹屍與國責塞子惟正雖
未弱冠宜世衆曰公言是公言是願奉以代爲帥其
秋帝崩中統之元制以公爲副都總師從所志貳貞

肅同戍清居去順慶平土二十里西北東三面環江北江殊回遠不可爲池南依山而壁平可馬上無人艱崎其南即合敵出入吾界無時於兵法爲交池公又子身受之開屯田練軍寶遥候斥詗强鄰入必摧壞其軍不令棄去後詔貞肅還鞏昌公獨保戍三年璽書褒大之又换金符三年秋抄夔府獲其團練使鮮恭知府張甲及路分二人斬刈千馘獲遺甲仗寶弊不可貲計入覲賚以虎符銀章銀幣如長寧之數而加金爲兩五十副以鞍勒弓矢衰其從者且以久

勞于邊代以忠惠還之翬昌俾副都總帥由行省受
命還得疾秦亭歸至古漳故第而卒年止四十八其
年六月從葬古漳先域爲性安恬出言質直如其心
事隴西郡夫人毋包以孝聞友諸季終其身竭力竱
才羽翼之人無可間總帥府屬郡一十四事至殷也
身自爲與從父副弟副猶子三世時得專殺未嘗妄
笞殺一吏一人然至臨敵決戰上馬挺槍離陳先次
巧捷若神當者紛披莫有我禦其弓矢奇中可方古
人憲廟出畋遇虎命射之一發斷其吭帝喜至解所

御金鞍爲賜夫人故金蘭定西會德順五州帥張雲之女惟蓋纔世副都總帥二年而卒一女適鎮撫帥府張文煥老將之從公者每曰公爲人信厚安昌必昌復信厚可曰善世其家者由此具求銘公碑燧忍於公與貞肅所戍之地無不至焉清居之不可恃爲固者前所以言楊氏張氏蒲氏皆行帥府大獲運山大梁平故地與便宜其時目曰四帥府清居南迫合獨受敵鋒爲三帥扞蔽他日專劉帥戍移貞肅南九十里夾嘉陵東西築武勝軍毋德章兩城距合爲里

亦然晝則出邏設伏掌待進戰夜則畫地分守傳警
鼓柝篝大照城達曙以防竊入一語一言敵盡知之
况敢抽兵邀利他求爲哉惟是軍當其堅重故三帥
反得蒇以拔敵柵壘掠敵府庫劉其人民逞志於忠
涪夔黔萬施雲安之間上功朝廷用事之臣第知三
帥立勞之多而是府獨寥寥也終未有能明其然者
又貞肅去清居敵夜大至火民居縛劉帥去鑒夫人
之失如此則兩公戍而克完者功不大哉凡此或者
貞肅碑所逸故發之此銘曰椒聊遠條求今之世方

漢金張纔有汪氏隴西開國義武肇之義武之爲不
作倫奐忠讓忠烈忠惠貞肅遞茇川涼力脇謀一繼
繼其來將相之多不符垂躬必斧手柯歸覲私廟庭
笏騈羅公以其序太宗義武於弟以子宜不降俯乃
推雋功潛不自張等翊吾家聞命即行安流洋洋如
水就防所由不年其盡瘁致子而夭閼歸以何辰彼
蒼者穹監下而公惟我皇上心靡不同疇德未報未
隆何功三紀後公一朝哀崇公有令孫人曰公似雖
華其年巳踐公位古者大宗合族恃之祭求其勝尊

祖之恩胥是冢旁可萬家邑表阡有碑車過者式

與元行省夾谷公神道碑　姚燧

元貞二年二月資善大夫河南江北等處行中書省右丞臣堅賢言往歲臣待罪于外伏奉明詔旁求勲舊臣僚封拜奏對各上其事以備纂脩世祖皇帝實錄資用刪取者臣喜伏思陛下先孝四海發揚前休皆使下臣依光日月誠曠代之希遇謹已次寫臣祖常哥臣考龍古帶出處始終爲一帙上史館而臣之先汗馬微勞其槩已此何敢上比磐石宗臣勲舊自

名惟與劉氏伯林黑馬再世父子來比之初義同一
體今焉二臣已各受謚忠順忠惠增賁墟墓臣不援
陳恐使聖澤獨漏臣家敢昧死請制曰可萬戶招討
使常哥贈龍虎衛上將軍封定襄郡公謚貞敏妻奥
敦氏從封定襄郡夫人與元行省龍古帶贈榮祿大
夫封汧國公謚忠靖妻耶律氏從封汧國夫人制下
山南之民聞者咨嗟泣下曰公卒明年與元屬縣及
州若洋成固南鄭吏民伏進德苟德炎張自顯李顯
輩若干人疏公平生立秦憲庭願一上聞許廟事之

而竟未下豈天以是忠靖爲賜額耶嗚呼有待哉公夾谷姓女直人其地古肅愼氏之國譌爲女眞避遼興廟宗眞諱改爲直太祖之加兵金也歲壬申五月劉忠順公與定襄公將兵千二百人來降詔以其衆卽守威寧十一月金主遣使啗以大官冀其貳可復失地定襄縛使以聞詔嘉之擢爲萬戶招討使人有擾爾民殺之傍郡縣未至者諭使急下事有便宜不待立聞一以詔行之凡鎭威寧四年以歲丙子卒沔國公嗣萬戶金符生十四年矣戊子太宗詔從太

師國王戰河東山東庚寅睿宗拔鳳翔明年從破宋
天散關夾嘉陵漢水如鳳沔褒大安興元洋金桌抵
均諸城皆拔壬辰大破金兵鈞之三峯山不能國矣
詔徙六州民留田威寧時天下荒饑獨山北爲樂土
四方之人其來如歸乙未詔從塔海紺卜征蜀用事
宜遣官屬何人攝治者以其名聞乃表今湖廣僉省
高安之祖按都䍧代領明年凡四川府州數十殘其
七八明年公上言興元形勢西控巴蜀東扼荊襄山
南諸城無要此者自始取道滅金漢中無歲無兵其

地與民吾棄不有敵不敢復城郭隳而弗完田野薉
而輟耕民窘艱食時吾兵來扶戴白以負嬰黃榆蹔
生活竄栖太白窮谷之間吾歸則壯者出爲盜賊肆
相奪攘甚者仇而殺之而生齒益耗誠能留兵戍守
招徠未降民見父子不分貨錢之得有也其至恐後
爲擇良腴便水之田授以耕耒假與種牛俟秋穀收
什稅四三儲之於庾守之以吏征蜀之師朝至而夕
廩焉挍以資糧關中荷擔千里十石不能致一者勞
費大省實制蜀一奇也制可詔都元帥量留漢軍其

新至至民及田事可無時籍數具效以聞仍賜虎符是月制諭令安撫與元軍民制又以爲安撫使一月之間三制併下定宗詔行省與元公至行之如所奏縈城塹内治堡壘外增鼓柝烽煙得警日夜十里不絶市肆村舍民廬數萬區悉起於溫焚之餘墾田數千頃灌以龍江之水收皆畝鍾敖庾盈衍矣官舍居第皆高榱巨棟重楶壯厖宏壯奇麗可百承平舊宇之上亦志不苟然也其土豪傑如洋之趙再興成固張廣南鄭伏興褒城薛仕成西縣楊濟廉水韓仲炳

小黃柳智德潘水薛閏皆割裂自覇昔爲吾寇者也至是皆入所據所郡縣宋邊驍毅之將馬仲自閬張文貴自巴李繼之自廣王安斌自開達亦挺身歸公腹心仗之指臂使之或說曰反虜無親宜有以虞未可日置左右公曰彼哉人也未必徂詐或如爾言誠徂詐也吾人結而義激禮接而信示何有於不可化宋害其來反時放兵動吾四境屢戰殲之辛亥四川制置使余玠輕我師寡身率兵入寇敗我利路元帥王進于金牛壁其軍中梁山兜零夜燭城爲之赤潛

遣裨將燒絕棧道遏我援繼自率大軍圍而攻之鈎礮梯衝環城數匝謂爲孤危期日必拔新集之民還叛與敵公誓死拒守督戰益急殺傷過當城中將吏晝或荷甲傳食夜則畫地分守會都元師秃薛來援無從得塗值三人自軍所逃還許貰其死令導由他山利道出陳倉玠聞兵大至焚圍遁去公襲戰悉止還所俘忘故事祖宗賓天所授臣下制書符節悉收還之太宗嘗賜虎符已歸之官及是憲宗授以軍民萬戶再賜虎符詔敘平金戰勞蓋睿宗所聞大宗者

令期玠至汝共事臣皆避逃獨汝戰疾力斬敵十五
勞苦至矣自是凡千夫長百夫長十夫長下及僚吏
敢有違其節度者罪死丁巳詔與故劉忠惠公黑馬
立成都七日而摟堞隍塹皆其戊午同故元帥紐怜
南征踰馬湖江戰皆捷蓋先是乙卯世祖以大弟總
天下兵公奏漢中之田闢已十七而稅入恒所於適
懸其故惟在軍民之官豪有恃者率頑驁負而不輸
顧臣力莫如何也下教若曰自今軍民之官田不稅
者無廩糧是年下教若曰往者與元軍民俱受買住

與汝節度令買住征蜀北其還也汝專節度之中統
三年改受虎符制仍軍民萬戶四年請以令左丞堅
賢嗣致仕家居十一年以至元壬申九月七日終於
興元英第正寢春秋七十肇於南鄭味溪之白雲里
爲兆以其年十一月九日窆之王舍男十人女十人
男孫十一人女孫八人嘗聞太祖賜威寧之詔裂熟
牟革而書之授以漢氏功臣之誓曰使河如帶太山
如礪國以永存爰及苗裔而已無有事不上聞聽以
其言爲詔行者及定襄卒而公嗣克光前人轉鬭太

山之左右濁河之南北崎嶇數千里間者十九年非
睿宗奏是功太宗太宗不知非憲宗舉而揚之於克
完漢中之詔則是奏天下不聞且他人樹勳於開國
之際其桓銘私傳皆出一時史氏之乎其間有善于
紀述者後者猶掇其蹟删爲一代之典況祖宗垂法
萬世之顯謨乎則公父子身荷二祖三宗及今皇帝
生榮死哀六朝之殊遇何如也夫漢氏功臣子孫冒
守先列者惟一人侯獨長沙王支庶一門數侯然或
先後受封非必昆弟並時今公諸子或拜亞相於中

或列藩方于外或總戎旅於邊冠紳之蟬聯符鉞之
焜煌則縣官覆護之俾流慶遺胤者又何如也銘曰
維公早持童子植植既失定襄荷其殳靳與老戎行
右頡左頏于河之外于關之内突而前茅無少挫退
金社墟矣庸蜀是劉掉鞅之遥九圍半周再鎮雄藩
益蹔梁久金穀穰穰斧質在手施陽翕陰舒慘自口
爲艱爲勤列聖不忘報之貴富倍蓰其當大府如城
雲屋邃窔朱塵綺疏歌鍾清吹聯目脁顔顧使趣風
良庖致饌胎豹臙熊酒酏介驩蒼蕣雪滯統衣四序

爲聲綷縩眛者安之耽不知還公時白日未薄西山
解兵其子時稅于野毳廬氊車勝地郎舍維嶓之麓
與汚之水往往禽魚識其杖几乃知喬松可召與遊
倘徉十年歸安玆丘評者異之於古未有紛華寂寞
枘鑿不受公而兼之始愼終全由哲其身匪騖自天
人之薶棺旋踵朽息公有哀褒于沔開國生平之名
爆其益昭猁子維翹丞弼兩朝無久維石莫信者史
一刋不磨用告無止

元文類卷之六十二　終

元文類卷之六十三

元　趙郡蘇天爵伯脩父編次
太原王守誠君實父挍訂

神道碑

眞定新軍萬戸張公神道碑　姚燧

公旣卒於戍所衡州之明年而夫人亦卒其中子世其眞定等路新軍萬户𤢪拉叱者將歸葬其鄉先塋由是軍受湖廣省節度請告數數終以故事職兵之臣無聽喪葬之文不得命乃曰父子之道在君臣先

其敘則然未有責其能忠而禁其爲孝者吾今何恤侯舟二喪畢葬小從而奪虎節大置於理一惟命竟窆而還凡聞者莫不稱咨其能拔流俗善于子職無少老一喙焉又曰公之遺烈今雖在人口耳不鑱之石久或遺忘來者或不聞託以計事至鄂持典國校官陳松年之狀來請銘燧思昔貳荆憲冉斜郡常德公時戍是暇則相過年已六十五脩幹魁顏白鬢蝟張虎目虎吻大掌鉅踵望之森然氣欲搏人談其平生蹈危奮先大小之戰數十嗚呼俾聞風颷皷聾闐

聞矢石餘軀老而不懲者從可知哉則於公爲知死令懷遠以佳公子侍傍又爲知生在古人皆當傷與吊者乃三復是狀嘗善松年之能史惟未憾曰濟江將臣功者皆相而獨後公方人固然於及天之厚公者則若未也蓋列聖之制職兵民者死其子孫皆世之變自世祖奪職民者符節易其故所死其子孫廕而不世惟職兵之臣萬夫千夫百夫長者父死子繼兄終弟及世其符節雖漢祖侯功臣之誓曰黃河如帶泰山如礪國以永存爰及苗裔何以尚諸其有相

而兼將萬夫者詔俾自擇爲之欲將棄相欲相棄將故其時有寧棄相而專將者豈不以相能振耀一時未若既將可傳子孫繹繹無究乎幸公未相相而亦蹈是轍矧他人之家世纔一人而懷遠元兄忠顯校尉管軍總把鑄由從公戰鄂之通城獲于敵死之及子回世世特陞千戶仲兄史閭亦懷遠大將軍戍瑞州等處萬戶獨一門三人金符虎節千里連州相煥以華則天獨厚公者豈不多且遐哉松年憾者恐復爲公九原所幸也公諱典祖姓張氏中山無極人曾大

父大父不仕父林趙州觀察使改節度判官丞相贈太尉史忠武公爲萬夫目隸其戲下太宗賜金符千戶老以公世從大將譽韓征淮南能以少兵擊破其軍虎頭關大將壯之賚銀爲兩百聞功于廷賜人馬介胄裝具宋開山南東道制閫于襄陽反寇洛西殘盧氏永寧殺縛其守長憲宗詔以漢地兵專受命世祖潛藩始置經略司于汴屯田河南諸州以忠武爲使忠武兄之子江漢大都督權爲屯田總管萬戶宿重兵于鄧去襄不二百里兵信宿至城下鄧麾其城

塞西南二門不闢吾袍甲車道屬縣新野西港盡鈔于敵府摘公將兵三百騎與步半追之及之栲栳潭令騎負一步敵奮殳斧謀折馬足推步下騎爲陣以待分騎爲左右翼合擊敵錯愕無所於應盡殲之完得所鈔戰次馬嬰橫屍而顛復騰而上不知左股之折已戰流血滿鞾裹創輿歸府迎賚銀爲兩百錦二端曰未足旌勞資市藥也後敵攻新野又大破之白河口中統建元從史經畧樞援東川假以總管戍東安虎嘯一年還鄧戍光化州漕安陽灘禽唐都統會

中書左丞劉武敏公拯開用兵端大集天下兵圍襄陽從城鹿門江西諸壁戍焦山敗宋援將張順江中殺溺過所當攻樊城督造梯衝又戰江中火其戰艦斷襄陽援樊拔移攻襄陽城東南當至元十年凡圍六年襄陽下功陞總管再官懷遠大將軍副萬戶明年詔故太傅伯顏以左丞相贈開府儀同三司太保幷國武宣公阿朮以平章左丞相阿里海涯以右丞將大軍南代浮漢而下郢治漢東築新郢漢西鎖戰艦兩城下夾以礮弩橫鐵絙江中大軍擊拔郢北黃

灣壁公實先登矢貫左股丞相手傳藥拖舟入藤湖達漢越郢去從攻沙洋新城拔而殲之皆負創先登矢又中頷三捷功聞錫虎符從戰漢陽之沙武口陽羅堡生獲其將鄭信矢汰左臂漢郢旣下太傅將太師東右丞留後抽十六翼兵俾公帥戍漢陽公曰吾戰是求而顧責守誰不能守則無所施吾所爲矣右丞則曰漢郢乘輿所至視爲衝地非材武足以先衆者不可使撫安之不得已往戍聞荆閫遣安撫高世傑將兵規復郢從右丞逆擊走之荆江口世傑窮降

詔移軍江陵從攻沙市因南風縱火樓柵皆然前登戰城上又戰城中蹀血濡趺殲其軍江陵精鋭於是焉盡安撫高達以江陵降制置朱禩孫不出詔以世傑戰而後降非其始志斬江陵市禩孫死京師猶沒入妻子爲官奴婢而籍其財右丞功拜平章政事移軍潭州公爲鄂分省計事潭留使督攻西北阸三月破石心臺敵植木柵自蔽或曰火之可入公曰火易沃滅柵必復植且吾師暴處城下三月士咸仗兵立寐不如礮之使敵不能隊立得廣逵期盡十日肉薄

而登可以逞志平章是所策十月公果前登樹旗䡊墻諸軍呼聲動天地平章朴賀謂諸將曰非用張某言而屬獨坐城下安撫李芾殺妻子火解舍倉庫而死潰軍築城西陳江岸公涉淺方仰擊飛石出城傷頰墜水面血及足出戰益疾竟走其軍功聞進官安遠大將軍畧地衡永全桂陽諸州撫其來歸而誅其弗率又從平章移軍靜江四十日拔之宋餘孽益王爵人號年海中曰余復海嶺諸州相煽以叛潭之羣盜在在蠭起平章謂公衡永全桂陽諸州與潭屬縣

汝昔畧定盜今復蔓汝其芟之殲文才諭七寨斬祁陽令羅飛主常寧簿黃必達傑周隆張虎新化降其黨蕭隆劉監軍凡醎受僞命二千九百十人縛從賊目五十人安集刼脅二萬三千九百家常德路總管謀應僞先事亦縛斬功聞進昭容大將軍招討使監歸州位總管上又移監常德仍招討位總管上西南夷爲梗初詔征羅氏鬼國會其旣降末至而還後征亦奚卜薛降之以其王阿利入覲賜衣服弓矢鞍韉

公平生射虎數十一日遇虎一發而踣語其友曰生

虎之髭剔齒疾可以風拔之虎怒爪攫裂賴其氣息垂盡不能傷足用是人名公者則加殺虎於姓上至是以國言賜名拔突尋詔萬戶各解使職故公罷招討惟以萬戶將真定新軍省檄戍衡茶陵來陽常寧兼督平永寶慶武岡盜賊其跳梁者二百四十五而伍其汙民責使屯田故來者不失業公尚氣重諾剛不可以威強屈平章始終相從西南者見其不可衆直之醉或腰刀行酒平章避入後閤曰公醉矣戒左右善扶出遇契已者視意所欲與之不少愛焉其時

諸將或集皆下之無有位其上者卒以元貞元年乙未冬十有二月七日年七十五夫人卒以明年夏四月十有七日年七十七䓁以大德之元丁酉于其鄉宋郵九男長忠顯次成瑞州萬戶次鵬翼僉嶺北湖南道提刑按察司事次眞定萬戶皆夫人李出餘皆幼一女適常某五男孫長武畧將軍世千戶者金符餘幼六女孫亦幼銘曰詩歌虎臣闞如虓虎不聞括鬚䚕等麀麈以之膽脅秉旄遐荒空一西南百年未疆荊州之域連城數十襄陽武昌岳及江陵長沙桂

林取皆以兵餘郡傳檄反虜起伏介冑九年晝夜弗
釋登危摧完戰必前列荆域底寧移兵夷洞來其降
王槩瓠遺種矢石瘢躬元戎奏功大帝一聞一官以
庸迨其入覲嘉名天訓乃省在笥華其衣裳又勑尚
方叢矢象房魚服韔弓雕鞍金㩻歸馬驛驛亦爛其
飾雖古方伯得專征伐錫命之多將不是越憲憲其
勞授報既多葢棺龍光遺胤尚荷二長萬夫一千夫
長令代一門三將誰兩矧是萬夫一戍燉煌一殘闈
波鯨海是航雖基公陞亦遐以勛無羞前人亦曰克

世兩閒之堅莫石惟年可磨不磷載銘以傳

潁州萬戶邸公神道碑　姚燧

公邸姓保定行唐人諱澤字潤之曾祖亨祖義生考府君諱琮金符總押真定大名河閒西京保定洛磁濱棣七州之兵戍睢州以卒公年十一世將是軍七年去城亳鹿邑避河流齧移戍潁州城久荒棄翦荆以茇隍塹樓堞官舍民廬皆所繼始宋黥將夏貴夜悉銳攻東南壁公將射士當之大呼疾戰矢下雨注又虞士氣久用將奪戒司更促其漏丙夜代五鼓適

以爲旦出奇騎擊不利客也騰藉崩潰積骸如京創此大治始不輕犯戍是十四年世祖即位如故事盡收臣下先朝制書符節故公金符亦入之官明年制賜還之至元入覲賜錦衣弓矢鞍勒用兵襄陽將是七州兵半以行太保并國武宣公時以都元帥鈔鴉山拔平塞砦功最幕府賚白金爲兩五十金衣一從城長圍襄陽六年當十年癸酉乃下明年從太傅伯顏公時以中書右丞相督大軍南伐至郢初宋遺殿帥范文虎將兵援襄陽度不得進爲城郢備鎖戰艦

江中列礮于岸遏我舟師下令盪舟黄灣連藤湖入漢越郢去從拔新城沙洋下復師由沙武口入江從戰青山磯多所俘馘郢隨下行省論功行賞賚白銀爲兩三百明年留故左丞相阿里海涯時右丞分省守鄂大師其東從右丞分兵下荆南功進武德將軍管軍總管又從攻潭州流矢貫肘汰肘裹創復戰城拔進顯武將軍明年從攻静江礮碌傷首岑岑昏絶巳日乃蘇既拔從省還湖南其年宋亡陳宜中挾益衛廣王浮海據閩爵入號年規爲興復倖利之徒在在

起應而羅飛張虎周隆尤其梟桀屠殺長吏刼民爲兵動萬爲羣阻山爲砦以抗官軍衡永路絶公從鄰平生致三渠褫皮以獻進懷遠大將軍萬戶虎符俾將其軍監郴州位總管上至則平郡賊蕭艮弼郛兵之餘城中戶纔四百布檄招徠安集之內則基屋火餘外各復產其鄉期年將倍萬家孔廟尚茅屋握進士左元龍爲校官佐其上材俾任興葺稍如平時州界招酃遏韶寇不窺宜章而興寧之民效惡酃盜鬨宣慰司將調兵萬人加誅未敢行公衝焉摯金帛即

説曰今盜始起而從徒未繁官軍遽入民懼俘殺必
出逋逃無所適歸勢與盜合是驅使爲逆也請歸身
任致討許之乃歸召父老豪傑曉曰吾止官軍不使
得暴吾境汝佃民有從亂者不以相坐聽執送余自
贖得五百人惟誅首事二十人餘悉縱還南畝連三
之役始得占城之師人以深蹈死地忿惋無施所經
城市肆行剽奪瀕道居民十室九空六穫種絕至郴
亦然公捕得爲暴數十人械送軍中詰其部將威令
不伸皆市杖之其徒一夕潛遁踰境再以日本之師

責造海艦十五艘度費楮幣爲貫七十五萬取材右制戢吏侵牟用未能半事巳告集後以交趾之師賦餽米千石入桂公曰自是入桂陸行千里負擔之民人勝五斗而止巳二千人爲擔夫負裝粮者半是行未中道委負而逃可前知也乃集丁之家謀曰吾將出家貲責諸縣卽桂如數糴之上不失軍興而下可紓民力何如衆歡呼稱願他日比貸錢加子來歸公悉還其羸又請罷淘坑銀鏞戸賦酒醋歲荒發廪而後聞皆良政也又遷廬州蒙古漢軍萬戸郴民耄倪

號呼遮留如去親戚未至改潁州萬戶戍無爲軍上
是七路之兵全集戲下而軍容益盛盜起江東省以
公威信著譽檄公以其軍討之饒信先聲以禍福旨
不煩兵而從宣徽怙惡乃夷萬人於南陵旌德涇縣
又鋤萬人於績溪績溪尤剛勁壁何秧塘山山周十
里峻二百丈省臣以六萬衆攻之數月不能下者因
留戍徽兼拜都萬戶之一軍徽民方安之尋還無爲
省議餘姚勝國故都非得如公老將一軍遏而閑之
綏而安之不可故移戍杭以廿有八年其歲辛卯夏

六月二十有一日辛年年六十三平生忠直沈毅讀書
專經左氏春秋故能謀成而事立臨財不恡施予有
積則均之昆弟姻戚其再至頴故人部曲捐金委帛
致殷家及疾或在告訃日辭祿後卒十三年子武德
將軍頴州萬戸戍杭元謙紹介其友劉致持事狀爲
書燧曰先公之瘞䕺藏頴濱今將舉歸先塋數宜有
碎不得君銘恐勲勞不足以信來世敢泣血請故銘
敘此嘗聞國初以二萬戸鎮撫中夏右則劉伯林軍
泰左則粘合重山軍燕顧成則益太尉忠武史公天

澤爲眞定河間濟南東平大名五路萬户於中後强諸侯頗以力夷惡相下屬皆求各將其軍而千夫之長亦覬得焉由是萬户布列天下其權雖分然父死子繼兄終弟及相傳虎節一命三品世世不絕則未始變不若治民治賦之臣者死子孫以門功官自下而高如升階然所可儕比則國家責以捍海四方勸忠而收其死力者豈不至且遠哉觀公造家譬則爲山嗣雖總押其覆簣也于時是官未必視長千夫何以言之從下荆南勞亦夥矣授以總管得以千夫之

長同祿轉而西南勍敵是膺堅城是臨莫不賈勇奮
其前殁顧以是身干鹵三軍入百死而一幸生遂長
萬夫比德開國大藩諸侯殆成功九例者其爲丈夫
亦壯烈矣然非憑夫大帝赫怒有是南國用武之地
枝安施哉此太史公贊蕭曹輩爲依日月末光陰符
所爲天人合發者也三夫人元配鄧氏嚴於持家前
卒廿有一年繼配兩王氏姊妹也前卒十年姊顧爲
繼後卒九年三男元謙以佳公子旣世虎節好學而
文雖居時平營柵部署器械車馬凜如在敵又識世

務省訟難惑多資平之資先泰元恒四女適郄長官子壁閻令子齡鄭元帥子端仁萬戶賈榮祖三男孫長禥幼未名二女孫銘曰嵬若邸公初由羈童嗣秉父節睢及鹿邑凡戍十年強敵尚逖城賴而南北交壤隣驃將未嘗時已能軍寡謀輕襲大比其羣會帝考貢曰是南紀于何菁茅贖入包匭乃畀丞相百萬烝徒江漢滔滔鼓楫以浮分徇坤隅置公前驅登陴長沙桂林入郛大憯小悖剪無稽逋從戰萬里清楚以吳歸撫其軀矢石遺餘嘗曰臣子居則有異移孝

爲忠其道豈二當在父側子職焉恭寸膚之傷盡心瘝恫及身而將三軍奬率鼓鼓以前顛首奚恤維公懋功其賚何如虎節皇皇雄長萬夫上昭祖考下傳旄縈子孫其承世守無止匪直克忠孝疇大斯以語壽後幾何其慈寔爾有子踵武之踐四十已聞愼保垂憲爰發頼匱歸從先丘烈勳于碑貽久是謀

同知廣東宣慰司事王公神道碑　姚燧

三十一年將仕郎同知新州事王弼練服持一書過燧龍興客舍拜言曰此弼先人懷遠大將軍同知廣

東道宣慰司事出處大凡與受代所由也中具歲上
戰功自生二十五年世吾祖長千夫戍膠州以及至
元三十年年五十六六月四日卒廣州在官三十二
年膠州内地無事戰禦自四年用兵襄陽十三年宋
亡與宋臣戰未嘗日釋介胄宋亡至十六年與兩王
戰未嘗月釋介胄南海平矣與反虜劇賊戰未嘗歲
釋介胄合是三者之戰凡廿七年中十八年三入廣
嗚呼勞矣而官已是命也今將以某歲月日還葬吾
鄉霸之大城孟村先塋得善史者銘其碑我先人將

不恨其無聞於地上且懷德地下也敢以是哀鳴公
乃序之曰王氏其藉大城者不可世求曾若祖皆失
其諱祖令大城考英故叅政張公榮實所將水軍百
夫長世祖祿其從濟江功賜銀符升長千夫李壇反
戰死濟南二子守信守祿公以死事臣子之長故世
銀符長千夫戍膠州從築夾寨襄陽戰疾力功換金
符登最樊之外郛省旌楮緡百戰江中斷横江鐵絙
菑楗獲船三十艘拔樊生致都統徐麟省又旌楮緡
百從本太傅南伐戰最郢之郴林署省鎮撫攻新城

沙洋獲船二艘戰夏貴鄂之陽羅獲船二艘首功三
百賜白金二百兩再以都鎮撫從都元帥府定江西
諸州授宣武將軍管軍總管于時宋亡其將相更立
益衛兩王故廣東不下從破韶州又敗方安撫廣之
石門授明威將軍從擊文天祥于贛之興國之空坑
止其妻子散降其衆畧盡禽前鋒趙時賞帥府改行
省從右丞至廣張經畧集戰艦二千海珠寺擊大破
之獲其艦百八十斬首不可級計再授明威將軍衛
王死入覲授宣武將軍虎符還戍廣取葛岸洞崖石

砦藏李梓發兵南安别降林桂芳昆弟新會麼南海
軍三千人生致其帥潘舍人歐將軍僞署置官自王
清遠遣馬帥陸帥徐相襲廣州皆擊破之斬是三人
及其軍千平十數壁歐走如新會合黎德德已集船
至七十艘衆號三十萬其别將吳林以八百艘圍馮
村先是公嘗抽工于軍伐木於山不資公帑爲戰艦
三百五十烏船五十載是戰艦德林衆大潰沉死海
洋生致黎德歐王與偽都督丞相兵馬鈐轄廿四人
皆磔之椎其偽符璽召入賜衣服弓矢鞍勒加懷遠

大將軍同知廣東宣慰司事三敗東莞盜張强三千餘人首功三百歸所掠人畜其主廣盜少戢其使八覲恐公受代以歸預乞尚書宜留再授懷遠大將軍同知廣東道宣慰司事降循盜古尾郎長樂自宋亡十四年招不能至者版頫勝立興寧廢縣以宅流民又斬汀盜轉入梅循者鍾明亮者并吳禽三百而壞其羣最斬盜爲起廿九二百七十一人今著其尤魁驍者皆隣省連兵頻年不能加誅必公取之廣之屬州皆山險不可爲至梯崖縋谷逐索水則乘烏船遊

擊之不盡不已其爲什爲伍殺人以剽財之倫皆剷棄凡是諸盜名若可易不顧難成功至今有未靖者老將論者曰丈夫死登陴陷陣猶足爲名澤及吾妻子今橫尸草竊手與經溝瀆不異亦足羞哉此觀望不屑蔓盜所以也反究公心忠勞何如廣之屬州若士與民及聞令代爭狀於宣慰廉訪兩司功其盜弭民安願留公使以殿南荒行省擬聞代踰一時而卒惜也夫人石氏子三人弼也知彰其親者非文不遠亦既克子矣餘未名男女孫皆一人幼銘曰北海生

濱卒堧南滇萬歸歸棺低昂綷旌維之南滇至險不
測其北嶺𤢖羣盜攸宅嶺嶠何如峽削𠜎空羣盜利
之自王自公凡在勝國敢曰難令與今吾元䟫踉豪
勁公有砧斧胥領汝膏十八年中無有幸逃或曰公
哉始勞襄漢終覆武庚椒洋無畔不是之書逐盜諄
諄大橐錄微奚示後人曰訖炎趙遺爾兩孽噓爾死
灰乍然已熄公與樹功帥從相從貪人所同公羞有
躬維祝融墟實漢南越大兵艱施小兵弗讋鄰無賊
良公功之私廣人戶知令思永悲白潛昭幽烝大史

職載銘不忘有穹斯石

戍守鄧州千戶楊公神道碑　　姚燧

楊公諱彥珍世汴之杞人曾祖考某祖考某考真皆不仕金垂亡也鄉里及旁縣豪傑以公質而義沈而信脩幹有力馳馬引强犇走服屬之至有二萬衆將之來歸授萬戶徙河内定興思立戎勞不藥民治宋將彭義斌侵山東東方諸侯皆壁不出犯其鋒或聞風景附始將百人從故張蔡公戰淮北復徐邳兩州勞陞將千夫戰淮南破光廬兩州及安豐軍戰漢上

拔光化棗陽先登又破信陽軍戰襄陽走生總管牛首山斬張太尉鹿門從今中書平章奥魯公之父破荆南沙市礽鄧既降以歲荒盡遷其民就食洛西留軍戍守會故中書左丞劉公來襲戰塔橋古邮黔陂屢比之其後山西逋民冉雕碉故宅岡將趨襄陽率步騎遮止之假種牛曰吾在此汝可去父母邦而南邪與故中書平章遊公築楚鐵狗兩堰以灌屯田歲收粟爲石亡慮若千萬活饑羸爲戶亦亡慮若千萬歲甲寅以平生小大數十戰身被三創老厭苦兵子

珪能荷殳矣請憲宗朝求嗣巳授副千戶得休居十三年以至元乙丑春正月十有八日卒年七十其月二十有九日塟州西北十二都之靈德鄉蒼龍潭壖夫人同縣盧氏後公卒之二十五年當至元二十六年歲巳丑年九十不恙珪及其三季秀成玉與男孫十有六人與祖世榮欽祖光祖述祖崇祖儀祖遵祖恊祖繼祖孚祖龔祖康祖恭祖甫祖亨祖女孫十有八人男曾孫五人儼仔侃偁僎女曾孫八人最三世子孫曾孫男女巳五十人男婦女夫甥孫猶不列也

朝夕若歲時問安爲壽其前堂宇隘不能容班之庭
下人之望之蔚爲盛門非天章公潛德昌熾胤裔而
何况珪克對前脩有光乃爾耶始有副千戸江漢督
府版令將突騎千時宋宿兵襄陽與均椅角臨鄧督
府度房有侍而虛別遣將以萬人襲之反爲均兵過
絶令將所突騎爲援戰分道口斬其副將杜胡又戰
馬嘶山通道出之從史經略援蜀之開達兩州戰李
義聖耳諸山又戰同波砦萬石基晉城寺獲生口五
百城母德章以拒合州又城大軍平以闔廣安軍歸

從故中書左丞相阿朮公圍襄陽戰小堰堡南漳鵶
及八辮凌三山禽解都統樊提轄湖城砦馬軍趙總
管野鵝池劉都管胖山問探司王總管狢子川又禽
無名將樊城戰六年襄陽廼下勞授敦武校尉從中
書右丞相伯顏公越安陸戰新城降黃宣慰阮沙洋
遏都統火死下沔陽攻漢陽先登拔之戰鄂之陽羅
步獲船五十五艘遂濟江下鄂又從故中書左丞相
阿里公分兵而西戰荊口降高安撫下岳攻荊南沙
市先登阮之衕地峽州下之鄉民多趨險奔施擇峽

屬縣宜都富民言能動衆聽者翕升署爲邑令追還
五千戶從圍潭州戰西門鐵垻三先登進武畧將軍
千戶金符從下衡永全道四州拔靜江進宣武將軍
總管虎符下郴西融州徇地海外未至召還進明威
將軍副萬戶再遷廣威將軍眞爲萬戶戍襄陽最其
受任至今三十三年所援拔破阬下名城三十而縣
不與禽都統一人總管三人蘄州副將一人降安撫
都統各一人討湖南叛寇生降渠首四十五人所全
脅從及城拔而當殲言之大將而脫者不可以鉅萬

許小大之戰七十餘身被者五創矢分布巨擘洞肩
汰股貫踵先登壓砦而顛血嘗口出積是勞勤位賤
三品力有可至數所得爲伐石人獸楙列神道又悼
公平生與國立家之多艱也不銘之碑無以白悠久
自襄走鄧託筆于燧嗚呼臣之事君猶子事父雖出
蘇武告李陵之言而千載以爲得然事父敬身事君
致身道固有不悖並行者曾參將死召門弟子啓手
足以示前歸其乎居則又以戰陳無勇爲非孝夫小
而殘形大而隕元至不旋踵孰速戰陳苟於是而曰

吾全歸吾全歸則天下無授命之臣君何賴以守邦
人子雖無事戎行不善將身以死者是誠不孝而執
綏援抱以死固其所也況戰不必創創不必死與雖
死而名曰延哉嘗讀史氏書見鬭將之登陴陷陳折
馘搴旗大者百戰小者數十其身所存鋒鏑遺餘必
慷慨感發思有若人者生今之世得奮筆大敘其雋
功亦志士千古之一快也觀公父子踴躍金革視身
外物再世一轍庶其人焉惜吾文之未稱副也銘曰
世曰文士武弁之易謂勇無謀似而非世讀人物志

論第英雄英之精秀草木華同雄譬健獸逸羣振迅天於怛人此與彼吝或界其全萬邦表貞英故明智雄則勇能人才文武異同胥附武遏亂畧文太平具亦既太平忘戰必危猛士赴敵生死斯須彼文維臣何有是戚執簡之評其可輕出於礫維公鄉豪始宗無基於前造太今躬金歷祀斷有衆二萬來歸太宗獨何是亂棄民而戎轉鬪淮漢戍鄧空郛招適立閒鄧人病饑我往耕之鄧人聞戒我往戰夷丐老而休年宜延娛而止七十玄宅長卧生子如公亦毅能兵

克越蜀荆三十名城金石所創凡十五嬰虎符以庸鈇鉞專征曰是徵效先人之教五鼎三牲不享榮報發其幽光差令存章庶幾子心少慰盡傷切雲之碑蛟奴龜負史臣是銘滋久無斁

元文類卷之六十四

元　趙郡蘇天爵伯脩父編次

太原王守誠君實父校訂

神道碑

鄧州長官趙公神道碑

姚燧

有虞臣栢翳佐舜調馴鳥獸賜嬴姓其後費昌去夏歸商爲湯御孟戲中衍爲大戊御至周造父爲穆王御服盜驪騄駬之驥西巡樂而忘歸徐偃王反復御日馳千里破徐賜趙城爲趙氏其子孫散居何

望傳次幾何至公者不可稽然由所記憶其先家代之繁時金亡去其鄉凡再徙始爲與之衡水人又爲蔡之平輿人天興癸巳之棄汳播蔡也公以善射足力材兼衆難倡義兵數千爲帥聞天兵圍蔡急城中糧絕乃率部曲發平輿富室藏粟負擔疾戰百死突圍上餽召見行闕嘉其忠勞勑銀符提控復潰圍還保平輿明年甲午金亡將戲下步騎數千下宋時襄陽開制閫改信效左軍統制制閫後厭降將多恐聚此叵測漫爲受犒欲致盡阬之太尉江海策曰且人

窮而來歸誅之不義又吾閫所節度四十五軍半北人今此加誅則吾軍北人各有心矣徒足啟猜長亂漢北之州獨鄧近去吾閫程再日耳北與敵鄰棄彼虛棄未戍盡遣是衆先之在彼有生降之德在我有復地之利一舉而得兩者也閫然之别遣路鈐呼延實將若干千人爲監來戍至則與實不相善益憤前吾所好相下而顧不容將以計誅又一軍譁譟皆言制閫不足爲盡力會明年乙未十月天兵畧地漢上集將佐南門商戰守宜公扼鄧前衆曰始吾下宋正

求活我戲下數千人與若妻孥而制閫欲一切以計殲之情露而事迫者數矣今幸出戍不獨任吾別將監之一旦誣以他辠盡無吾噍類覆掌不難爲也誠不忍與若泯泯膾脯寇手必歸皇元後應者斬統領徐海獨辨不可立斷其首以徇一軍皆呼抃受命馳造實營執以出盟令呼宋兵投仗脫甲吾不犯若一人盡歸之襄陽如輙肆動皆誅死實駭汗失常目貽瞠舌撟然不能下頊不得已乃親呼其軍如所教者於是皆受命復與將佐爲約是州生齒十萬今日之

事將求生之非固苦之將思完之非固離之衆曰生完之耳離苦何爲公曰若旣相許矣其無殺人父兄而臣妾其子女以利貨財與懷復私怨衆又曰不越公命也乃開門納吾元兵事成終朝肆不變市爲具車馬遣實令將其軍盡還之襄陽少不怨制閫昔者圖巳而甘心此軍也居再月太宗爲太子南征過教以是城甚近襄陽虞力孤不能自完且歲荒與均唐三州民徙雒陽之西三縣鄧治長水均治永寧唐治福昌許公權宜行省事乃先勞分苦佐乏藥疾煎

棘墾萊府寺田廬於燊一　始明年丙申襄樊亦徙雒陽其年公入覲特賜金符錦衣許出戰督軍入守字民別降銀符八十金符八以酬從公將佐同力者奏雒西歲又荒乞歲得大名軍儲米爲石四萬五千陝州鹽爲斤若干萬以廪餓人制可如是資食二州三年後歲登乃止辛丑授鄧州長官奏以弟將州兵亦可而是州兵民始分後十二年癸丑在先朝今上以太弟之重命故丞相史忠武公經畧河南始屯田漢上張平宋本盡還爲徒鄧均唐襄樊五州民實南公

始復鄧時宋已築襄樊均皆宿重兵徙民各歸其州惟是二州還者無所於歸襄樊僑治州北均僑治西皆倚公為援南州數十里淪為盜區戰外耕內四年之間積穀石七十餘萬丙辰乞骸骨不報明年疾卒實丁巳春三月十有四日年六十有一其月二十有四日肇塋州東南之曲專里以葬自喪及窆祭哭聲振城野數萬人昔受公生之死地者公諱祥字天麟魁貌碩躬望之威如孝親友弟及有地方數百里秉鉞垂符常布衣韋帶麄冠弊鞍江漢大都督為言衣

冠貴賤章也何乃爲是過險下自同庶服邪不恤也與將佐言公府則吾節度汝不可不嚴名分之守私處則汝皆少所從起相習者豈可遽脩邊幅改度平日也必齒坐序飲其蔬簡目節直坦與人不疑如此考贇妣李生子二人長公弟彦郎將州兵者大考仔曾大考康三世連不仕饒貲樂施夫人霍以賢聞子一人昭勇大將軍保甲萬戸佩今鎮衢州男孫三人伯元仲亨叔利女孫四人適耶律弼李友端劉仲温季幼槩公之始遭金季年出無受知托援之臣入無

素飭可藉於家奮其孤身百戰前驅積勞而加數千
健武之上亦何壯也且人之才相爲十百千萬不能
齊同以一人當一人爲衆人以一人絕出千萬人之
上是曰俊傑方天定命昭昭而昧者疑所適歸彼千
若萬人犇走爲依求以自全其受是依者内揆無可
出險反正之才豈以一身貿貿先衆徒死則依人者
猶不難於爲人依而受者也金既隕祚而後將十餘
旅之衆下宋其志仁此人也及宋不察將快其肆毒
巳乃北戍鄧州爲置監將防虞而戎備之其伺釁竊

發不保其終何如也非公謀斷灼知攺玉安能轉禍
爲福侯食此州哉然冉公而上不仕三世潔實儉勤
積累悠長能散宿居芘後之功旣碩旣豐而始大典
此勢之必至理之固然者今侃也即基堂之龍盾虎
符列名平宋功臣非公作則之報而誰諸孫繼繼脩
偉則是澤也夫豈一再傳而可遽艾之邪後葬三十
有二年至元二十五年戊子侃自衢遣叔利五千里
持衢學官鄭怡所譔行狀走鄧請述墓碑燧哀其志
在揚厲先烈又嘗家雒西與我先人居相邇而遊相

好也故不終辭銘曰穰之南東有堂其封下爲平輿
趙公幽宮返是之年周甲子一束髮樹名古人自必
翊將袞祚偶方輿時如鬭孺子賁獲是支金冑沉淪
提是窮旅曰犇輿國涉漢南騖來戍是州始朊危阽
乃棄衆星日月載瞻甫少康蘇㸂螽荐沴徙比就豐
于洛之汭雒囪亦然移粟大名以及還南係甲戰耕
與是州民耄稺十萬形影相附千里徃返厚深之仁
崇阜增川宜是州民戴爲二天朱邑桐鄉古弗是過
卜置冢傍萬家且夥有子將軍方燁烈光虎節斯皇

孰曰公亡匪銘伊白匪石安邈我筆載茲後來者顧

山南廉訪副使馮公神道碑　姚燧

公以至元廿八年年五十九九月六日卒官朝請大夫山南江北道肅政廉訪副使于襄陽燧遊吳會還過行臺廣陵得訃於故御史中丞魏初所燧出涕相弔後三年始拜其墓指桓楹誓曰公平生交友間文惟我怍者它日當銘是爲報子休復亦已敘所履歷見求因記前卒六年嘗敘馮氏三世遺文有曰以中議年五十九卒官同知山東西路轉運使故中順方

年六十以同知臨海軍節度使致事至通議亦以同知集慶軍節度使六十致事三世皆止同知亦理之不偶然事之可異者公抵掌曰若是同知不善吾家耶吾他日有避而不爲耳今公之壽僅齊中議挍所卒官廉副班序正與轉運節度同知者等六命四世卒致皆不逾六十嗚呼造物之迹人果可以意知闚耶中議中順通議爲高曾祖諱仲尹孚翼壁考中書右部郎中諱渭世稱馮孝子公之先諱甫通議築松庵崧山曰崧後更岵字壽卿童子聰警於書博觀彊

識賞於中書忠肅公許妻以季之子闕幘用貧試吏
徵商屹屹自飭不濫華墮中統建元時年未壯入掾
中書職奏事曹策識沉明得失先事日從丞相造膝
淸光右部爲郞自丞相辯章而下皆友諾之父子並
政法制未苛不嫌也人榮耀焉或讒禁中省曹多徒
顓庸在刻庭加汰擢公以風度脩凝敷對有次留後
一故相長左右幕喜氣排人諸軍讋縮公不下之故
事諸曹出皆總管判官獨抑公眞定轉運經歷換衛
輝總管經歷官承事郞令眞定之無極事治考最換

令洛之曲周狀其簿貪懦黠之圍襄陽急發民益兵
河之北公惟視丁地入中甲者戶抽一人籍之請託
不行苞苴不入形埶富室施計無所凡竄名他役者
皆出僚吏無所姦利其間江南旣一陞奉議大夫僉
山南湖北道提刑按察司事換僉嶺北湖南道提刑
按察司事二境皆錯壤夷蠻人所憚行公冐阻凌歊
瘴鄉蠱俗上下山谷至不可馬或轎以杖殆數千里
刺舉周治簡削冗長官吏數百臺臣勞之移近畿甸
換河北河南道提刑按察司僉事官市民物不輒與

直責悉還之罪去官吏三百積没賕賂且三千定霜
摧電擊蠹朽皆折唐之監州諱豩其伏逃訟于朝顧
列公實田湖陽三十頃禁殺日殺紆塗乘傳多燒驛
薪不法十餘事詔御史問之無絲髮得抵其誣皐陛
朝請大夫江西湖北道提刑按察副使未代棄歸尋
仍前官換山北遼西道提刑按察副使以疾辭行臺
臣終曰舉職風紀求歸者其私不可釋也擇其去家
近在十舍外者以便之再換山南江北道肅政廉訪
副使命下數日卒僑葦檀溪之東筮仕至是三十餘

年恬忽時榮退易進難數命皆家受之臨繁處劇暇
豫而集遭隹林泉野服珮寶璐鳴琴賦詩忘反移日
觀所號雪崖亦可得其嗜尚已俸入盡於及故家之
孤嫠與娛賓購鼎彝書畫故遺產不盈十金所標禄
其閒甚高跬步恒以羞親爲心迨氣息奄奄猶大書
松庵墓馮孝子墓雪崖墓賜休復曰各伐石表之所
亦自喜其善全歸也遺文千篇晚而筆力逾進辭多
雄剛深古卑於文者不能句求凡再配前夫人楊氏
即忠肅公妻者今夫人王氏其母休復與休復母之

兩致其道不知者不以爲前夫人之生觀行有家爲德如何女溫柔幼三男孫鶴齡龜齡彪齡二十女孫皆下殤銘曰公生自屛見靈竒也葱衡鏘然妙爲辭也人一善偏已兼之也其蘊淵淵介介持也其履平平循循施也入司奏牋出縣爲也同不俗牽與不離也責言言宜責事治也憲府所躧吏不欺也風行嶺堧江之湄也幾耳順年不云者也厚夜長眠竆何時也聞之愊憶多舊悲也曰良弓傳子爲箕也揉木不弦世業畢也獨公青氊守不移也世世德陶甄不外師也

子于爻田播其菑也爻材楠梗子構基也有華蟬嫣冠雙綏也與乃祖肩官醜夷也皆不持銓衮職裨也豈天爲懸座右卮也不盈其泉斯不歆也信彼微權馮氏私也滹沱之川浩瀰瀰也苗冑必賢餘波滋也毋折楚箠以筮疑也麗牲有穿徵銘詩也

浙西廉訪副使潘公神道碑　姚燧

公潘姓諱澤字澤民宣德府人府在金惟州曾祖諱爲州孔目而逸其諱祖祿考得用生行軍萬戶府提控漁及濤與公伯仲氏皆善厚殖其家資公讀書壯

而遊先師魯齋左丞許公之門盡戛故習而氣質大變養親不違其志事兄愛以敬閨閫有閑及出門庭卑以下人語恐傷之遇夙無所厚簿者于塗必謙謹懇嫪令盡所言不峻謝別用大保劉文貞公薦曰從事太府監擢監知事轉貳佐藏庫使出再提舉織染局金符在順天路官承直郎宣德府則奉訓大夫課皆最陞奉議大夫知弘州兼諸軍奧魯始有土民以行所學郡旱遍禱其境百神已乃詣郭西泉投文祝曰山川之神其所司者惟在能興雲雨以水下土耳

今旱暵如是不能膏澤之神固已不得其職使州刺
有罪幸漏譴于明天子必將殃之宜止其身吾民何
辜橫罹斯毒則爾神又佚罰矣敢恐恐退俟終不得
命當自劾去其夜有光如星騰泉明日大雨爲屋祠
龍泉上自公未至州之南並山風爲災又爲文禱曰
風者天之號令順四時溫燠淒凜之氣發達遂成萬
物者也時自爲惠反之而已災況暴厲無節穴涌谷
起飄翔塵沙偃揠禾稼以病民哉禾民恃以生上以
出縣官租賦下乃仰以粢盛報事乎明神今使之貧

窘無所於食目其顰苦之顏耳乎愁歎之聲神亦安所利之必州刺之是矜其妝是憑怒自爾風災衰息民賴至今尤究心用獄前政繫疑盜八人榜掠百至求迹無所公明其非辜皆出之刼家訟公故縱無幾時而盜果得西京械成獄令待命他郡過治囚號市曰此州之人神明公以爲包拯復生獨不能相活耶公將召問同列謂宜發卒衛出吾界而已讞非吾事也公曰人求直其枉烏可陽爲充耳不聞卒問之蓋太原民輸稅西京慮倉吏不以時受入鈔貴家奴令

代其輸旣如約矣奴與僞爲鈔者友陽悔之有我善
鈔而歸所僞爲我急其得不詳視也出而用之而事
始露有司鍛成之謂我利賤而買之僞爲首當以見
知法公列上之竟雪其誣而抵奴與僞爲者法賦州
市牛公懲他郡驅牛至官擇可受直聽命旬浹犇走
煩勞廢其穡事令持價即鄉民自爲市吏無所姦利
駔儈亦不得上下其直轉知與中州入爲監察御史
刑部主事恃當國臣知多行不法察院召按不能致
公從卒至部捕之一訊而貪墨皆出論如律轉僉山

北遼東道提刑按察司事治有田民殺其主者獄已結矣公詳讞之則其妻與所私夫爲之乃昭田民當二人法又有訟爲豪室奴其一家十七日有司觀顧數年不能正公以凡今鬻人皆畫男女左右食指橫理於券爲信以其疎密判人短長壯少與獄辭同其索券視中有年十三兒指理如成人公曰僞敗在此爲召郡兒年十三十人以符其指皆密不合豪室遂屈毀券民之或言高麗王有逆意集將吏將徙故都詔近臣偕公即治公以王今尚主王設舉事主安不

知知安不上變聞而噎嘿以從他臣治獄希意深鷙求竟公獨輕平主果馳使明正無有事從中變制使多得罪獨還公憲尋入都事御史臺剖白羣疑商訂時才自其户出入所畏縮皆身任爲無少顧讓然不專已慱咨之人嘗曰君子小人喜以朋從觀受薦何人得過半矣又政察其間有失而不中哉今曰必吾所識則識有盡不足於列職中外況未必盡賢人曰可者審可不必囿以資格故評臺臣者皆曰自公都事察院監司一時翕翕勝職最衆出爲江北淮西道

提刑按察副使按宣慰家兒怙勢抑買民物不償直與償而不滿者皆比贓論後改提刑按察爲肅政廉訪轉江南浙西道肅政廉訪副使方分司杭州以至元壬辰秋七月一日卒年五十五仲氏子希善希逵五千里輿柩歸鄉明年八月祔葬先域夫人任也三男希大希成希安大成皆前卒希永他室李出三女適任徐張氏皆士族公旣貴矣進伯氏子希明事裕宗於東宮令出知隰州後薨二年伯氏懼公平昔之善泯其不聞乃身入山敦工伐石求其同門友秘書

少監楊桓狀其事俾燧銘之碑燧曰公之爲人桓爲行實文何尚焉念今之世子弟爲父兄求託金石爲傳者或多有之如提控以兄能反復致意其季者纔獨一人嗚呼豈不若是不足爲愛敬報歟銘曰維公生資粹其民彝加及先師北面事之仁義微辭道德盛儀日耳以闐如垣厚基增崇其卑如田有鎡多稼離離尊聞行知始由家推慈孝幼耆閨闥臬絲秩秩其宏出焉郡治覩民如兒調均賦夷仁柔膚肌何有創罷其穰其祈山川百祇如指以顧雨渥風衰誠之

格思罪入髡耏有少枉疑猶已渴飢不身之私竭歷
解纍必出是期發摘吏欺大法小管戢威顔眉衣繡
斧持遼浙江涯皆所往蹟在在歌思曰到遠而如何
數奇中塗其萎識不識悲中郎諸碑泰無媿爲斯銘
如斯琢石以垂信夫他時

故宋太常少卿陳公神道碑　　姚燧

大德戊戌燧舟遊湖湘而陳公元凱方持憲節使湖之南既求追撰姚夫人李氏埋銘爲粗敘陳姚同爲有虞遺裔矣後五年燧持憲節使江之東而公以總

管來莅建康馳書請曰吾八世祖宋太常少卿公以治平二年卒葬洛陽其後子孫以官爲家死不返葬顧於太常墓失其地所曾祖少中公訪而得之筆地之名與距城幾何里步以詔後昆志亦懃哉會荐離大兵終無有能至者七十餘年矣元凱始成其志如所筆發墓驗之果得范公鎮所撰誌銘摹以蠟帋副吾家乘願爲銘樹石以表墓道燧受讀之其先穎川人唐遷于京兆廣明中違亂于蜀家眉之清神亦可系者瓊生延祿延祿生贈兵部侍郎顯忠兵部主希

亮郎太常公太常生京東轉運使恍轉運生簡州司士叅軍揮司士生金儒林郎灝儒林生國子監丞堯基國子生耀州三白渠規措使仲謙規措生皇東平勸農使膺農使生嘉議大夫建康路總管兼管内勸農事則元凱也子敬立最之凡十二世聞者慨息以爲非清風素望之門孰能完有家乘得其傳次如是之多哉燧曰是足爲多乎哉苟推其世德而上之之十二世者又十二世而一耳嘗讀太史公書至其敘傳於司馬氏受姓所從上起顓頊子孫官居功烈文

辭下及其身而止豈顯親者不嫌自明安然耶故燧側之古譜姚氏亦遠本曰黃帝生昌意昌意生高陽是爲顓頊顓頊生窮蟬窮蟬生敬康敬康生橋牛橋牛生瞽叟瞽叟妻握登見大虹意感而生舜姚墟故姚姓舜三妃堯二女娥皇無子女英生商均一妃癸比生二女宵明燭光禹受舜天下封商均虞城以奉先祀服其服禮樂如之以客見天子示不敢臣傳夏歷商三十二世書可見者虞思箕伯直柄虞遂伯戲五世耳至虞閼父爲周陶正武王賴其利器用妻以

元女太姬生滿賜嬀姓而封諸陳以備三恪以爲胡公胡公卒子申公犀立申公卒弟相公皐羊立相公卒子鼜公孝立鼜公卒子孝公突立孝公卒子慎公圉戎立慎公卒子夷公說立夷公卒弟平公爕立平公卒弟文公圉立文公卒長子桓公鮑立桓公卒弟五父佗其母蔡女故蔡人殺太子免而立佗生子完周太史過陳使以周易筮之遇觀之否是爲觀國之光利用賓于王此其代陳有國乎不在此其在異國非此其身在其子孫若在異國必姜姓姜太岳之後

山岳則配天物莫能兩大陳衰此其昌乎佗取蔡女數如蔡太子免之三弟躍林杵臼共令蔡人誘殺佗而立躍是爲厲公厲公卒弟莊公林立莊公卒弟宣公杵臼立殺其太子禦寇完與禦寇相愛恐禍奔齊桓公使爲工正齊懿仲欲妻完卜之占曰是爲鳳凰于飛和鳴鏘鏘有嬀之後將育于姜五世其昌並于正卿八世之後莫之與京卒妻完以陳字爲田氏聲之近也或曰食采田完謚敬仲生田稺孟夷孟夷生湣孟莊孟莊生文子須無文子生桓子無宇桓子生

武子開與釐子乞釐子生成子桓及楚滅陳而桓得
政於齊生襄子盤襄子生莊子白莊子生太公和遷
齊康公貸於海上食一城太公會魏文侯於濁澤請
天子求爲諸侯天子命之是爲田齊太公卒子桓公
午立桓公卒子成王因齊立威王卒子宣王辟彊立
宣王卒子湣王地立燕齊楚三晉合謀各出銳師伐
齊敗之濟西燕將樂毅盡取齊寶藏器湣王出亡及
莒楚將淖齒殺之莒人立其子法章是爲襄王田單
大敗燕軍迎襄王入臨淄齊故地盡復爲齊襄王卒

子建立秦始皇帝兼天下滅齊虜王建遷之共自商均國虞至於千九百六十三年矣此吾姚與陳始同爲虞中同爲嬀卒同爲田之未分者後建三子桓稱王氏軫稱陳氏而不及昇豈昇仍氏田耶自是田或多失傳次王莽自以桓爵追封完爲敬王以田豐爲世睦侯奉敬下後莽死豐恡郡亂過江居吳興改姓嬀五世孫敷復改姓姚惟陳可以世求軫生秦東陽令史嬰嬰生成安君餘餘生軌軌生審審生安安生恒恒生願願生四子清察齊尚齊生源源三子寔尚

邃寔字仲弓後漢大將軍掾屬文範先生六子紀夔洽諶休光諶字秀方獻文先生生青州刺史忠二子佐和佐二子準嶶準字道基晉太尉黃陵元年生伯珍建興中渡江居曲阿新豐湖生匡二子赤松世達世達長城令徙居長城下若里生丞相掾康康生肝貽太守英英生尚書郎公弼公弼生步兵校尉冉冉士散騎侍郎高高生懷安令詠詠生安成太守猛猛生太常卿道巨道巨生文讚文讚三子談元霸先休先談先梁東宮直閣將軍義興昭烈公霸先代梁猶

以姓號國曰陳謚武談先子曇倩繼立謚文子伯宗繼立崩文弟曇頊繼立謚宣傳子叔寶亡陳凡五陳三十二年叔寶四子莊弘徽某某會稽郡司馬司馬生某晉陵郡司功參軍司功生兼右補闕翰林學士翰林三子監察御史當大理評事萇祕書少監京少監以從子鹽官令褒繼鹽官生高安丞灌高安二子伯宣伯黨伯宣著作郎生旺旺生機伯黨生元史元史生巖温州司戶叅軍其自軫至機三十九世昜弟列者止書其傳然自廣明至治平實百八十七年以

三十年一易世率之爲六世太常而上四世其不可推知者二世耳嗚呼籍載以來不隕其世德者惟獨一門吾姚氏則自梁高平令可系而至今者廿有六世其上則或絕或續匹夫之家其可少覬哉嗚呼亦有甚可感者古人爲誌納之壙下必載其世次官勲實用備或世變時遷人有竊發知爲何代大賢君子揜之不忍及其匶焉初不預爲裔孫克念其祖求徵而謀也今元凱悼陳氏入蜀中徵太常公始震而耀之亦其家之鼻祖也故旣發視玄石而得其眞太封

樹之碑表墳道刻石人獸如其始窆於三易代八世之後亦古未聞者故燧感之且敬焉推吾遠本三千歲之上皆有稽於竹帛者詳次授之非足止慰元覬於生死而有之亦必曰吾同姓表章及此其庶幾乎孝子不匱永錫爾類者邪因爲楚人之辭歲時上冢使歌以祀其言曰峻南峙兮嵩高阻西鶩兮函崤趾北印兮坡陀壖洛水兮波滔滔堂封兮偃斧古爲藏兮幾何所旣夷兮已焉有不夷兮疇焉主將帝私兮之家俾鬼護兮神訶待裔孫兮爲告賴玄石兮不磨

維裔孫兮思愼其守不忍嘿兮求牛馬走曰先志兮其成庻階茲兮來僱可究余亦虞兮遺苗匪妄胄兮華遥其統緒兮可尋具方册兮昭昭年數千兮世踰百生民祖兮或幾及豈伊神明之後兮不與他族而中絕于何孟氏一言遂必五世而斬君子之澤坐令自今讀其書兮亦取二三武成之策重曰往者兮垂芳來者兮是望弗替兮休聲與嬀水兮齊悠長

故提舉太原監使司徐君神道碑　姚燧

至大三年中奉大夫僉樞密院事徐毅感言於燧吾

先人以雅善故御史中丞王傅文當其爲河東山西提刑丏銘先祖提舉府君墓碣中丞不讓而援翰昔毅與子嘗受業太傅許文正公於胄學爲同門今子長翰林毅僉宥密爲同朝爲先人於中丞無是也又子亦識吾先人古所謂知死知生者兼有之其遺善可筆以示雲仍者非子誰賴哉乃序之曰君諱德舉字進之曾祖澤妣郭祖閏妣郅世農平陽趙城以本富聞石明里考玉材武爲皇帥府提控提領崞縣甘嵐州長官後馬公行刑部奏提舉河東南路常平倉

妣夫人高以歲丙戌生公數歲撫而謂曰是吾父登金詞科令岐山出也身教之書及長又資使學仕俾歲偕計吏趨龍庭甚爲黎尚書省議樂齊賢馬文玉二人者知擢以爲掾巳未遣迎世祖於江北陽邏且徵兵山之東西中統壬戌省調平陽路轉運司經歷以妣夫人憂去官後六年又居考提舉府君憂安西王國秦凡河東河南山之南與陝西食解池鹽地皆置使督其賦入悉輸王府以君爲太原舊由其地灸鹵民盜煑食有司雖密其禁犯者終不衰止而賦日

益不登遂弛其禁聽民煮食惟戶責輸賦漕司行習久矣至於都漕欲變其法復轉鹽鬻民君以為若然是驅是邦人納罪罟也若仍弛其禁惟衆遣吏巡邏不使賤估盜販出境而加賦其舊三之一焉民便安之而績亦最陞提舉棄而不仕其平生履歷已此不可謂達而名傍聞四方士夫從之游公侯用其言而人亦樂以急難見求者在夫重諾而趨義負氣而尚俠其事如李壇將為亂自益都傳檄求臣叛王而平陽總管李毅不思移文太原為忻之監州阿八出所

發故兩總管皆誅論毅子青童尚孩坐徙遼海居哀
之帥毅家僮訟之宥寄以爲祖宗之法父子罪不相
及且昔檄事青童何知與禍至茲甚非昭代罪人不
孥之旨宥寄遂奏還之今戍西川長萬夫襄陽既下
之明年將平宋詔籍中戶爲兵民甚駭愕至有自戕
求脫者總管烏褆患之迫君詣宥寄受其成法得於
三戶抽一遂懷檄歸虞吏爲姦敎倈取籍閉府幕道
院身自差第三戶優劣優者爲兵劣資其力令出人
稱爲平有泣謝者初世祖征雲南師未及境書遣三

使諭招王人者言祖宗之法殺詔使者城拔必屠萬一蠻夷恬惡或賊殺臣願無以臣而使是城噍無遺類至則彼以爲誕皆磔之懸尸於樹大師旣至求其首或謂投洱水中遣漁人網取無所得火其骨函送二家復其門徭田租中一人秦州士子王姓分蠻戶數十於州俾其子壯付之後三十年當歲丙戌詔西省臣訪求廿家在亡蠻戶巳爲郡豪張某者冒有王氏子顧受其人傭直君言之憲府坐郡豪以罔受上恩官吏見知蔽匿者皆罪黜而還正其戶王氏子民

奴有嚴姓者主利多直鬻其六七男女於商胡君憤然曰奴有男女若是衆多則知賴其爲力也久忍重奴商胡分鬻他地哉白其府曰主旣有名郡籍則奴亦郡民烏可不告所由而輒鬻之縱不損吾戶數實損吾口府是其言行巳數舍遂追還之代贖爲民猶其外者至語其家衣止大布大帛食無兼味飲酒不數籥事繼妣石有孝譽分田以恤女弟孀居爲子擇師俾齒胄學其知親賢又如何也恒言以飭諸子曰立身本學治生本力穡儉勤羨以周匱急無多積以

自災取友不可苟合勢利臧獲久故旣火其券多至千指自今事汝久者其縱以之當不恙時代石爲槨穴地倍常有半曰他日無厚藏明器用陶無法流俗侈靡崇事浮屠以大德癸卯八月六日卒年七十有八九月廿有八日壟石明里先塋以前卒廿有一年元配同里毅母盧夫人祔置毅爲治書廉使風紀中外刑曹惟觀今爲内總六師外制諸軍遠及萬里爲贈祖五嘉議大夫上輕車都尉平陽郡侯妣高侯太夫人考德舉太原塩使司提舉贈中奉大夫護軍平

陽郡公妣盧妣邢皆公太夫人非文賢而能之乎繼
妣邢夫人生穀投轂穀濟投宿衛成廟轂椽河東憲
司穀大都永濟倉使與穀濟皆不祿女歸江南諸道
行御史臺治書裴居安男孫四人女孫四人銘曰嗟
古君子許友以死非父母存曾不有已後世不然輕
合權輿桡酒以金矢死不渝小棘見告聞已掩耳大
而去之遠若讐恥允義徐君閔其故侯世業塗地而
身亦劉童子何知亦遐以置曰是聖代開罰及嗣教
訟于庭萬里還之俾克再家虔秉將戲民有不幸爲

勢壓抑無待籲求我則往直謂爲非俠力善砥名謂之爲俠不蹈難行其居而家井有條理施以裕人自奉則非伊誰無子無不欲賢師匪其人學則滯偏毅毅齒胄從許文正耳其嘉言目其善行故出用世尊聞行知爲民所望宥容贊毗不昌其身而昌爾後逾信百年種德始茂子貴而碑令申得爲可恃以傳太史友辭

元文類卷六十四

傳古樓景印